Sp Bla
Blake, Toni,
Loco por una impostora

$3.99

una impostora

TONI BLAKE

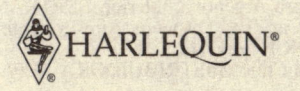

HARLEQUIN

Editado por HARLEQUIN IBÉRICA, S.A.
Hermosilla, 21
28001 Madrid

© 2003 Toni Herzog. Todos los derechos reservados.
LOCO POR UNA IMPOSTORA, Nº 1402 - 3.9.03
Título original: Mad About Mindy... and Mandy
Publicada originalmente por Harlequin Enterprises, Ltd.

Todos los derechos están reservados incluidos los de reproducción,
total o parcial. Esta edición ha sido publicada con permiso de
Harlequin Enterprises II BV.
Todos los personajes de este libro son ficticios. Cualquier parecido
con alguna persona, viva o muerta, es pura coincidencia.
® Harlequin, logotipo Harlequin y Julia son marcas registradas por
Harlequin Books S.A.
® y ™ son marcas registradas por Harlequin Enterprises Limited y
sus filiales, utilizadas con licencia. Las marcas que lleven ® están
registradas en la Oficina Española de Patentes y Marcas y en otros
países.

I.S.B.N.: 84-671-0941-6
Depósito legal: B-29907-2003
Editor responsable: M. T. Villar
Diseño cubierta: María J. Velasco Juez
Fotomecánica: PREIMPRESIÓN 2000
C/. Matilde Hernández, 34. 28019 Madrid
Impresión y encuadernación: LITOGRAFÍA ROSÉS, S.A.
C/. Energía, 11. 08850 Gavá (Barcelona)
Fecha impresión Argentina:20.12.03
Distribuidor exclusivo para España: LOGISTA
Distribuidor para México: CODIPLYRSA
Distribuidores para Argentina: interior, BERTRAN, S.A.C. Vélez
Sársfield 1950 Cap. Fed./ Buenos Aires y Gran Buenos Aires,
VACCARO SÁNCHEZ y Cía, S.A.
Distribuidor para Chile: DISTRIBUIDORA ALFA, S.A.

Capítulo 1

—RUBIO a la vista —dijo Jane.

Mindy McCrae desvió la mirada de la entrada de su Agencia Matrimonial Mindy para mirar al muchacho que le había señalado su ayudante en el negocio, Jane Watkins. El hombre caminó con decisión a través de Hyde Park Square, con sus sandalias y sus pantalones cortos. Tenía un aspecto muy juvenil.

Estaban sentadas en un banco, disfrutando de un helado después del almuerzo. Mindy miró de lado a Jane y dijo:

—Tiene doce años, Jane.

Jane la miró a través de sus gafas.

—Debe de tener diecinueve años, por lo menos. ¿Y quién te ha dicho que no puedes mirar hombres más jóvenes?

Mindy frunció la nariz en respuesta. No le interesaba tener un bebé a su lado, ni siquiera estaba demasiado interesada en tener un hombre. Pero Jane estaba empeñada en conseguirle un muchacho. Mindy dirigía una agencia de relaciones de pareja, pero jamás había tenido la suerte de encontrar a la persona adecuada, como tantos de sus clientes. No se quejaba. Al fin y al cabo, tenía muchas cosas en la vida para ser feliz. Tenía amigos y unos padres que la querían, era dueña de una casa modesta, y tenía un negocio rentable del que hablaba toda la ciudad. Y además, los candidatos que le proponía Jane no solían ser de su agrado.

—Mmm... Ahí viene un amante latino, muy sexy...

Mindy alzó la mirada, y el chico, que efectivamente era muy sexy y tenía aspecto de *latin lover*, la sorprendió mirando. Y... ¡Oh! ¡Lo mismo hizo la mujer que llevaba colgada de su brazo!

Mindy se giró para fruncir el ceño a Jane.

—Está con una chica.

Jane se encogió de hombros.

—Estoy segura de que podrías cambiar eso si quisieras.

Mindy puso los ojos en blanco.

—Yo me dedico a unir a la gente, no a separarla —le recordó a Jane.

—¡Eres demasiado noble! —se quejó Jane, pero Mindy sabía que su compañera estaba bromeando.

Jane llevaba dieciocho años felizmente casada con su marido, y era madre de tres niños, de quince, doce y diez años. Para ella, sus horas de trabajo eran sus únicas horas de tranquilidad. Y no dudaba en admitir abiertamente que quería vivir a través de Mindy, una mujer soltera, alguna historia excitante, ya que supuestamente su amiga estaba en una edad de apogeo amoroso. Y se sentía decepcionada al ver que Mindy no la deleitaba con ninguna aventura.

—*Ooh la la*! —exclamó Jane, haciendo que Mindy

mirase en dirección a un hombre impecablemente vestido que acababa de aparcar su Mercedes deportivo delante de ellas—. Alto, moreno y atractivo.

Mindy no se lo discutía. Solo pudo mirarlo. Tenía un aspecto clásico pero atractivo. Moreno, cabello apenas largo que rozaba el borde de su impecable camisa blanca, una mandíbula fuerte, pómulos salientes y ojos probablemente verdes, aunque no podía asegurarlo, porque no se le veían bien a través de la luna del coche.

Cuando salió del coche notó que tenía los hombros anchos y que era alto. El traje le quedaba perfecto; parecía hecho a medida.

—Bond —dijo Jane—. James Bond.

—Shh... —insistió Mindy. Estaba demasiado cerca como para andar susurrando cosas sobre él.

—Es un pájaro, es un avión, es...

—¡Un cliente! —exclamó Mindy cuando lo vio acercarse a los corazones negros con pintas rosas y rojas que adornaban la luna de la tienda.

Mindy había pensado que iba a la joyería que estaba al lado de la agencia, o a la galería de arte que había a la izquierda, porque, aunque la gente guapa también usaba su agencia matrimonial, ¡generalmente no era gente tan atractiva!

No obstante, el hombre giró el pomo de la puerta de la agencia. Entonces se dio cuenta de que había un papel pegado en ella, con una nota que ponía *volvemos enseguida*.

Inmediatamente, se transformó en un cliente a los ojos de Mindy. Lo alcanzó en el momento en que volvía a su coche, con mirada de contrariedad... «Sí», pensó Mindy: sus ojos eran azules.

—Espere. No se marche. Ya estoy de vuelta.

El hombre pestañeó al darse cuenta de que Mindy le estaba hablando a él.

—Buscaba... —miró el logotipo de *Agencia Matrimonial Mindy*— a Mindy, supongo.

—A su servicio —sonrió ella, mirándolo.

Él le sacaba una cabeza. Mindy extendió la mano para dársela. Entonces se dio cuenta de que le estaba ofreciendo un cono de chocolate y menta.

—¡Oh! —exclamó Mindy, cambiando el helado de mano.

Pero como en la otra mano llevaba el bolso, en la maniobra se le cayó el helado justamente entre los zapatos de su cliente.

Mindy puso cara de dolor y alzó la mirada instintivamente.

—No suelo ser tan torpe...

—Está bien —dijo el hombre, a quien no pareció hacerle mucha gracia.

Mindy metió la mano en su bolso para sacar la llave y abrir el negocio. Estaba acostumbrada a tratar con la gente, y sabía que no todo el mundo era igual. Así que no se preocupó por su falta de humor.

Después de entrar, le ofreció un asiento y le preguntó:

—¿Puedo ayudarlo en algo?

—Necesito una esposa —respondió él, como si estuviera pidiendo una hamburguesa y unas patatas fritas.

Ella hubiera querido responderle que eran cuatro dólares y medio, y el número de orden la 310, pero se abstuvo e intentó disimular su reacción.

—Por lo que puede ver en las fotos —Mindy hizo un movimiento para señalar las fotos de parejas que había en la pared—. Nuestras gestiones suelen tener éxito.

—Sí, lo sé —la interrumpió él—. Noventa y cinco

por ciento de aciertos. Conozco su eslogan. Es por ello que estoy aquí.

Mindy bajó los ojos. No sabía si era porque estaba empezando a irritarla o porque su mirada era demasiado intensa. Tenía la impresión de que su cliente pensaba que ella le estaba haciendo perder el tiempo.

—Sí, bueno, como le estaba diciendo... Aunque muchos encuentros hayan terminado en matrimonio, no puedo asegurárselo. No es nuestro único objetivo. Lo que nos interesa es ayudarlo a encontrar a esa persona especial con la cual pueda construir una relación estable y duradera. Creo...

—Tengo una reunión dentro de media hora —dijo él, mirando su reloj—. ¿Hay que rellenar algún cuestionario, hablar frente a una cámara de vídeo o algo?

Mindy respiró hondo. En realidad, no parecía grosero, simplemente quería terminar con el trámite.

—No, en la Agencia Mindy la selección no se hace a través de un proceso moderno, sino de un modo más antiguo, de acercamiento. Yo me ocupo personalmente de los encuentros, y lo hago entrevistando a la gente en un ambiente relajado, donde pueda conocerlos, conocer sus gustos, sus personalidades, sus vidas en el día a día, sus planes para el futuro...

Mindy tomó su agenda de citas y hojeó los días siguientes.

—Veamos... Mañana estoy ocupada con otro cliente, pero podría encontrarme con usted para almorzar el viernes. En Teller's, aquí enfrente. Necesitaremos estar tres o cuatro horas, así que si ese no es un buen día para usted, tal vez podamos arreglar un encuentro para la semana que viene.

—Estoy demasiado ocupado durante los días de semana como para dedicarle tanto tiempo. Pero no hará falta. He escrito todo lo que necesita saber —metió la mano en el bolsillo superior de la chaqueta, y sacó un papel doblado en dos. Lo puso encima del escritorio de Mindy.

Ella lo leyó:

Rubia menuda y con curvas, inteligente cuando haga falta, y con clase... amena compañía... Y la frase favorita de Mindy: *Que sepa fiarse de mi juicio cuando sea necesario.*

Mindy intentó disimular su desagrado.

—Veo que usted tiene... ideas *concretas* sobre lo que busca en una mujer. Pero aun así, tengo que entrevistarlo.

—De acuerdo —dijo él—. Hagámoslo ahora —volvió a mirar su reloj—. Tengo diez minutos.

—Bueno, diez minutos no es mucho, así que... ¿por qué no empezamos así? Dígame cosas que debería saber alguien que quiera salir con usted.

—De acuerdo —el hombre asintió—. Mi nombre es Benton Maxwell III.

¡Oh! Con que era un «tercero», ¿no?, pensó ella.

—Soy el director de una sólida empresa de asesoramiento sobre inversiones, con treinta empleados, y tengo unos ingresos medios que rondan las seis cifras.

Aquello la pilló con la guardia baja.

—Vivo no muy lejos de aquí, en una casa muy grande, con un jardín y una piscina, y soy el propietario de dos urbanizaciones, una en Caymans y otra en Colorado, para la temporada de esquí. Podría ofrecer a mi futura esposa cualquier capricho que deseara, aunque le aclaro que no me gustan los gatos y que trabajo muchas horas. No quiero que ella trabaje, porque viajo mucho y es posible que quiera que ella viaje conmigo, pero podría hacer algún trabajo de voluntariado u ocuparse de alguna otra actividad comunitaria que no interfiriese con mi agenda. Podría redecorar mi casa, si lo deseara, siempre que el resultado fuese digno...

Mindy dejó escapar un suspiro.

—Estaba realmente interesada en averiguar más cosas sobre usted. Cosas más personales. Por ejemplo, ¿a qué se dedica en su tiempo libre? Si va al cine, si prefiere comedias o dramas, dónde se crió y cómo era su familia... Ese tipo de cosas.

Benton Maxwell III pareció incómodo. Luego contestó.

—Paso la mayor parte de mi tiempo trabajando, en la oficina o en mi casa. En cuanto a mi familia, son como yo. Mi padre fundó nuestro negocio antes de que naciera yo y también trabajó mucho. Mi hermano se dedica al negocio inmobiliario y suele residir en Tokio, y mi hermana es abogada. Se dedica a temas impositivos en Nueva York. Mis padres se han ido a vivir a Boca, después de que mi padre se jubilase, pero como habrá notado, nos infundió a todos una fuerte moral en relación a nuestro trabajo. Y hablando de ese tema... Tengo una reunión. ¿Hemos terminado?

Mindy no aguantó más.

—¿Cree, señor Maxwell, que tendrá tiempo de acudir a alguna cita? ¿O prefiere que también nos saltemos eso y que le organice el primer encuentro frente al altar?

Él la miró como reprochando su actitud, y le dijo:

—No hace falta que sea sarcástica. Agregaré las citas a mi agenda, señorita...

—Señorita McCrae —dijo ella, mirándolo. A pesar de su actitud arrogante, tenía una mirada muy atractiva—. Dígame, señor Maxwell, ¿por qué desea casarse exactamente?

Benton Maxwell la miró intensamente, y ella casi se perdió en sus ojos azules.

—Necesito una esposa, señorita McCrae. ¿Puede ayudarme o tendré que dirigirme a otro sitio?

Mindy le sostuvo la mirada. Aquel individuo quería una mujer-trofeo, el perfecto accesorio para su vida de champán y caviar. De no ser por su devastador atractivo y su riqueza, Benton Maxwell no tenía nada que valiera la pena.

Sinceramente, no quería aceptarlo como cliente.

Mindy tomó un bloc y escribió una cifra exorbitante de dólares.

—Estos son los honorarios, al contado, por nuestro paquete de lujo, que incluye tres candidatas, sugerencias, consejo antes de los encuentros y una sesión de informes sobre el proceso, si la desea.

Mindy sabía que nadie en su sano juicio pagaría esa cifra.

Claro que ese fue su primer error: creer que aquel hombre estaba en su sano juicio.

Después de mirar un momento la cifra, Maxwell sacó una tarjeta de crédito y se la dio.

—No me harán falta las sugerencias, ni los consejos. Solo las mujeres.

Mindy se quedó con la boca abierta y se preguntó: «¿Qué acabo de hacer?».

Benton Maxwell corría por la autopista en dirección a la reunión. Nunca llegaba tarde a las reuniones, pero aquella vez sí. Tomó el teléfono móvil y marcó un número.

—Grupo Maxwell —dijo la voz de la recepcionista de su empresa, Claudia.

—Soy yo, Claudia.
—Se ha retrasado —le reprochó la mujer mayor.
—Sí, lo sé. ¿Puede ponerme con la señorita Binks, que está en la sala de conferencias?

Un minuto más tarde, su fiel ayudante, Candace Binks, tomó el teléfono.

—Hola, señorita Binks.
—¡Señor Maxwell! —exclamó, contenta, la mujer.

Había estado enamorada de él durante años, o eso había creído Benton, porque no entendía nada de esas cosas. Pero lo cierto era que tenía cierta debilidad por él.

—Estábamos empezando a preocuparnos.
—Estoy en camino. Llegaré en quince minutos.

Después de la llamada guardó su móvil.

Había pensado en casarse con la señorita Binks. Sabía que ella habría dejado de trabajar por complacerlo y que habría estado dispuesta a ser la esposa que él quería. Era atractiva en cierto modo, se vestía bien y tenía buenos modales. Pero había algo en ella que no lo convencía. No había chispa, ni química. Y aunque él reconocía que no estaba buscando una esposa de un modo habitual, también sabía que tenía que haber algo entre la mujer con la que se casara y él, algo real.

El viento de mayo le azotó la cara. Encendió la radio, pero realmente no prestó atención a las noticias.

Su mente seguía en el pequeño negocio de Hyde Park. En cierto modo, no podía creer que él hubiera ido a una agencia matrimonial. Pero, por otro lado, era un hombre muy ocupado y no podía salir a buscar una mujer. Y, por lo que había oído de aquella agencia, de aquel modo le sería más fácil.

Pero ahora se estaba arrepintiendo.

Recordó el momento en que Mindy McCrae le había tirado el helado en los zapatos italianos.

En realidad, la torpeza no era algo que odiase tanto... Aquella mujer de pelo corto pelirrojo, si bien no era su tipo totalmente, le había llamado la atención. Pero le había molestado su actitud. Como si pensara que su idea de buscar una mujer era algo ridículo. Y cuando le había pedido información personal y le había clavado sus ojos verdes esmeralda, había sentido que lo había taladrado con la mirada.

Lo único que quería era una mujer con las características que deseaba. Y ciertamente no estaba dispuesto a compartir su vida íntima con una desconocida.

Mindy McCrae le había preguntado por qué quería casarse. ¿Que por qué? Estaba cansado de asistir a las fiestas de negocios solo... Era un hombre rico y no tenía con quién compartir lo que tenía ni a quién dejárselo. Y además, estaba a punto de cumplir treinta y cinco años, y como hasta entonces no había conocido el amor, dudaba que lo conociera.

Benton salió del ascensor del piso veinticinco del edificio Carew Tower y entró en el Grupo Maxwell. Saludó a Claudia con un movimiento de la cabeza y fue hacia la sala de conferencias. Abrió la puerta de la sala donde se estaba celebrando la reunión y dijo:

—Os pido disculpas por la tardanza. Empecemos, ¿queréis? —sus socios lo estaban esperando sentados alrededor de la mesa oval. Benton se sentó en la cabecera de la mesa. La señorita Binks se sentó a su derecha.

—¡Ha llegado, señor Maxwell! —dijo la mujer, con una media sonrisa.

Era evidente, pensó él.

—Sí, aquí estoy.

El joven Malcolm Wainscott miró a la mujer con ojos de adoración. Mientras tanto, Percy Callendar, un viejo empleado, y el único que tenía sentido del humor según Benton, sonrió y dijo:

—Menos mal que has llamado. Hemos estado a punto de avisar a una patrulla de rescate.

La sonrisa de la señorita Binks siguió en su rostro. Benton se sintió culpable al pensar lo que sentiría la mujer si hubiera sabido qué lo había demorado.

—¿Quiere un café antes de empezar, señor Maxwell?

Benton miró la mano de la señorita Binks, posada en la manga de su chaqueta. Se sorprendió de aquel gesto. Era nuevo.

—No, gracias, señorita Binks —quitó el brazo y miró a Percy, que se ocupaba del Departamento de Presupuestos, un gesto que indicaba que podían empezar.

De pronto, pensó que tal vez podría hacer de Celestina, intentando que la señorita Binks y Malcolm Wainscott salieran juntos. Era mejor que la señorita Binks no fuera un obstáculo en sus planes para las siguientes semanas. Y siempre había pensado que Malcolm y la señorita Binks podían hacer una buena pareja.

En cuanto a la persona adecuada para él, la señorita Mindy se ocuparía de ello. Aunque a medida que transcurría la reunión iba ganándole la sensación de que había cometido un terrible error.

—¿Le ocurre algo, señor Maxwell?
—Nada, nada —respondió.

Lo que le pasaba era que tenía la impresión de haber dejado su futuro amoroso en manos de una mujer tan torpe que ni siquiera era capaz de manejar un helado.

Capítulo 2

La tarde del día siguiente, Mindy estaba desesperada frente a su escritorio. Había estado horas mirando la base de datos de sus clientas para encontrar una mujer que pudiera encajar con Benton Maxwell, al menos en cuanto a la personalidad. Estaban en el siglo veintiuno, y ninguna mujer aspiraba a ser el perrito faldero de nadie. Las mujeres de hoy tenían ambiciones, desempeñaban profesiones, y no estaban dispuestas a renunciar a ellas. Además, ella sentía simpatía por sus clientas, y se sentía incómoda de arreglar una cita con semejante candidato.

Oyó las campanas de la puerta de su negocio y vio a Jane entrando con dos helados.

—Acabas de perderte un bombón que caminaba con su perro por la acera. Clásico, perfecto para ti.

«¿El muchacho o el perro?», le hubiera preguntado Mindy, pero se calló.

—Estoy desesperada —dijo, recordando el helado

caído entre los pies de Benton Maxwell, y preguntándose qué habría pasado si hubiese caído un poco más a la izquierda o a la derecha, encima de uno de sus elegantes zapatos.

—¿Es tan difícil de colocar, entonces, ese tal Benton Maxwell? —preguntó Jane.

—Sí, por décima vez, es muy difícil —respondió Mindy.

Jane no había estado presente durante la entrevista a Benton Maxwell, y parecía dudar de lo que le había contado Mindy.

—Pero es tan alto y moreno...

Mindy agitó la ficha de Maxwell, en la que estaba la lista de atributos que él había dejado.

—¡«Que sepa cuándo fiarse de mi juicio»! —leyó Mindy.

—¡Y tan apuesto! —dijo Jane.

—«Inteligente cuando sea necesario».

—Y es rico, no te olvides. Si yo pudiera conseguir un hombre tan rico, creo que sabría cuándo ser inteligente...

—¡Jane! —exclamó Mindy, incrédula—. ¡Es un cerdo! ¡Y encima, ni siquiera me ha dejado entrevistarlo como era debido! ¡No le da ninguna importancia a todo esto! —Mindy miró el helado. Estaba empezando a derretirse, así que lo lamió—. Aunque te parezca mentira, la vida, e incluso la lascivia, es algo más que un hombre apuesto, alto y moreno.

—¿Por qué no quieres un hombre?

—¿Qué? —Mindy se sorprendió.

—Me has oído —dijo Jane achicando los ojos—. ¿Por qué no quieres un hombre? El resto de las mujeres quiere un hombre. Y no significa que seamos débiles ni dependientes. Solo significa que queremos un hombre. Queremos un compañero, amor... Y en el peor de los casos, queremos sexo. Entonces, ¿por qué tú no? ¿Cómo es posible que una mujer que ha encontrado pareja a tanta gente pueda ser feliz sin un hombre?

Mindy sintió un nudo en el corazón. Miró el helado, que estaba a punto de mancharle la mano. Se dio por vencida y lo tiró a la papelera. Luego se limpió con pañuelos de papel, y volvió a centrar su atención en el ordenador portátil.

—Jane, no es momento de que me sueltes otro sermón acerca de mi relación con los hombres. Tengo que encontrar una persona para Benton Maxwell.

—¡Ah! —Jane asintió a regañadientes.

—¿Ah, qué?

—Que hay algo más detrás de tu actitud.

—¿A qué te refieres?

—A que debe de haber un motivo por el que no quieres un hombre en tu vida. Pero no tienes que decírmelo. No me inmiscuiré en este tema nunca más. Estoy segura de que saldrá a la superficie alguna vez, cuando estés dispuesta a compartirlo con alguien.

—¡Jane, ves demasiada televisión! ¡Lees demasiados libros! En la vida real, no todo el mundo que no sigue las tendencias sociales tiene un problema gordo. Alguna gente es diferente, simplemente.

Jane alzó la cabeza, erguida. Luego agrandó los ojos y preguntó:

—¿Eres lesbiana?

—¡Jane!

—No hay problema, si lo eres. Solo he pensado que tal vez...

—No soy lesbiana, ¿de acuerdo? Solo... No tengo demasiadas esperanzas en cuanto a los hombres, simplemente...

Era verdad. No había nada trágico en su pasado. Ningún desengaño amoroso. Pero tampoco había habido ningún gran amor. Tal vez hubiera sido mejor tener un gran desengaño a tener el vacío de no conocer lo que le faltaba. A eso se debía de referir la gente cuando decía que era mejor haber amado y perdido el amor que no haber amado nunca. Al parecer, ella jamás conocería a alguien que le diera un vuelco al corazón.

Durante años, había salido con hombres que le recordaban a Benton Maxwell, y ciertamente el resultado no había sido bueno. Y también había salido con hombres totalmente diferentes a Benton Maxwell: dulces, respetuosos, sensibles... y aburridos. Había salido con hombres que la irritaban, hombres con costumbres que la molestaban, y hombres que se creían más graciosos de lo que eran en realidad. También había tenido citas con hombres muy bien vestidos y con hombres que se vestían mal. Hombres totalmente pendientes de ella y hombres totalmente pendientes de ellos mismos. Había salido con muchos hombres, pero no había encontrado a ninguno realmente adecuado. Por su trabajo, creía en el amor, por supuesto, sinceramente. Veía a mucha gente feliz como para discutirlo, y se sentía agradecida de poder unir a aquella gente. Incluso antes de abrir la agencia había tenido un don especial para encontrarle pareja a los demás, para ser capaz de ver las personalidades que eran compatibles... Había sido por ello que había puesto la agencia matrimonial. Pero, al parecer, no era buena para encontrar su propia pareja. Y realmente estaba bien sin un hombre... Aunque a veces se le formaba aquel nudo en el corazón.

Con la mirada fija en la pantalla, Mindy golpeó el escritorio con la palma de la mano y anunció:

—He tomado una decisión.
—Quieres que vaya a buscar al muchacho del perro —dijo Jane.
—No, quiero que vayas a la tienda de regalos y compres un juego de dardos.
—¿Dardos?
—Dardos —respondió solemnemente Mindy.

Mientras Jane se marchaba, Mindy imprimió la lista de mujeres posibles para Maxwell, según sus parámetros físicos.

Cuando regresó Jane, pincharon la lista de nombres a la pared. Mindy se quitó el pañuelo floreado que llevaba al cuello y con él se tapó los ojos.

Pidió a Jane que la pusiera en la dirección correcta para apuntar.

El primer dardo se clavó fuera de la pared, golpeó el escritorio de Mindy y cayó al suelo.

—¡Eh, ten cuidado! —exclamó Jane.

El segundo dardo se clavó en el papel, pero entre dos nombres, así que Mindy miró a Jane y dijo:

—Mejor. Eso quiere decir que tendrá dos citas en lugar de una.

Cinco minutos más tarde, Mindy llamó a la oficina de Benton Maxwell. Cuando la atendió, pareció tener tanta prisa como de costumbre.

—Señor Maxwell, soy Mindy McCrae. He seleccionado las dos primeras mujeres con las que va a salir, y lo llamo para darle los teléfonos. Voy a llamarlas esta tarde, así que ya sabrán que usted se pondrá en contacto con ellas.

—Muy bien —dijo él de un modo que la irritó. Pero se dio cuenta de que todo lo que él decía la irritaba.

Después de que Mindy le diera los teléfonos, Benton preguntó:

—¿Y estas mujeres poseen las características que he puesto en la solicitud?

Mindy suspiró.

—Sí, ambas son inteligentes, encantadoras...

—¿Y qué me dice de la tercera mujer? Usted me dijo que podría ver a tres, ¿no?

—Estoy... Aún la estoy buscando. Pero con suerte, una de las dos primeras será la mujer de sus sueños y no tendremos que acudir a la tercera.

Benton no veía la hora de dejar en su casa a la segunda mujer que le había proporcionado la agencia de Mindy.

Esa Mindy debía de estar loca para haber escogido a esas mujeres.

Esa noche había sido un desastre desde el comienzo hasta el final, peor incluso que la cita con... ¿Cómo se llamaba...? Sí, Anita, a principios de esa semana.

—¿Quieres matarme? —preguntó Kathy, refiriéndose, suponía Benton, a la velocidad con que estaba conduciendo para llevarla a su casa.

Lo que en un principio le había parecido una hermosa dama, a esa altura de la noche le parecía una piraña sentada a su lado.

—No, solo intento terminar con esta velada, para que ambos podamos respirar con alivio.

El primer punto de fricción había sido el comentario de Kathy de que si por ella hubiera sido, habría declarado ilegal el tener un coche tan caro, cuando había niños muriéndose de hambre en Etiopía. Benton le había explicado que un hombre de su posición tenía que mantener una cierta reputación y tener una imagen, y que también pensaba que una persona que trabajaba mucho se merecía una compensación, pero sus palabras no habían hecho ningún efecto en Kathy.

Las cosas se habían puesto realmente mal cuando ella había seguido diciendo que era profesora de Comunicación en la Universidad de Cincinnati, que amaba su trabajo, y que tenía intención de seguir trabajando allí hasta que se jubilase.

—¿No estarías dispuesta a cambiar tus planes si sucediera algo que cambiase tu vida? Por ejemplo... ¿el matrimonio? ¿Con un hombre que pudiera necesitar de tu ayuda en ciertos aspectos sociales para sus negocios?

La mujer lo había mirado con resentimiento. Reconocía que no había sido nada sutil, pero hubiera querido que Mindy y su agencia le hubieran aclarado a Kathy lo que él esperaba de una mujer.

Después de eso, habían seguido discutiendo durante la cena, y Benton había sacado la conclusión de que Kathy lo odiaba, aunque él no tenía ni idea de qué la había ofendido. Claro que en cuanto ella había comentado que la gata de su hermana había tenido gatitos, él había dicho algo poco apropiado:

—Odio a los gatos —había comentado.

Pero para entonces ya se había resignado a no tener una noche agradable.

Benton detuvo el coche. Cuando se dispuso a acompañar a Kathy a la puerta, esta dio un portazo y le dijo:

—Hasta la vista.

Él no tuvo tiempo de reaccionar.

Había pagado mucho dinero para conseguir una mujer, y no había conseguido lo que había querido. Sinceramente, había pensado que sería fácil, que las mujeres estarían deseosas de ocupar el papel de esposa suya. ¿Sería tan difícil encontrar alguien así? Se reía del éxito de la señorita Mindy. Al día siguiente iría a decirle unas cuantas cosas.

—Te lo repito, Kathy. Siento mucho que las cosas hayan salido tan mal, y te aseguro que no se repetirá —Mindy colgó el teléfono, incómoda.

Hacía un par de días había llamado Anita Barker para quejarse por Benton, diciendo que no se ajustaba al perfil que ella había sugerido.

—Me dio la impresión de que lo único que le interesaba era acabar la cita —se había quejado Anita—. Fuimos corriendo al restaurante, cenamos deprisa y... ¡Dios santo! ¡Hasta eligió él lo que iba a comer yo! ¡Qué antiguo!

Evidentemente, Anita no estaba dispuesta a aceptar el juicio de Benton en determinadas situaciones... Y Mindy no la culpaba...

Kathy le había dicho que le parecía que Benton se había sentido amenazado por su inteligencia, algo que tampoco la había sorprendido.

Mindy se sentía avergonzada, porque había sabido de antemano que los encuentros no irían bien. La mayoría de sus clientas eran inteligentes e independientes... ¿Y se le había ocurrido enviarles a Benton Maxwell?

El problema seguía allí. No había mujer alguna que quisiera a un hombre como Benton, y ella le había prometido tres mujeres.

—Ya sé... —dijo Jane—. La segunda víctima del apuesto moreno lleno de dólares.

—Has adivinado. Y tenía razón para estar enfadada. No debí sacrificar una buena clienta, dos buenas clientas...

—¡No seas tan dura contigo! Puede sucederle a cualquiera. Estoy segura de que todas las agencias de relaciones tienen días malos.

—Pero... es por eso por lo que me siento tan mal. No ha sido un día malo, yo sabía exactamente lo que estaba haciendo. Sabía que estaba mandando al sacrificio a esas dos mujeres, por dinero.

—No seas tan dramática. Solo han salido mal un par de citas. ¡No es el fin del mundo! No se ha muerto nadie.

—De todos modos... Siento que debo usar mis dones para el bien y no para el mal con mis clientes, para hacer parejas que funcionen. No creo que pueda mandar a ninguna otra mujer a una cita con Benton Maxwell, Jane. Seguramente, Anita y Kathy han perdido la fe en mí, y no quiero arriesgarme a perder la confianza de más gente.

—Bueno, supongo que podrías devolverle la tercera parte del dinero a Benton Maxwell y decirle adiós.

En ese preciso momento, se abrió la puerta de la agencia e irrumpió un hombre enfadado.

—Hablando del rey de Roma... —susurró Jane.

Mindy la miró con ojos de reproche antes de ponerse de pie e ir al encuentro de Benton Maxwell.

Este estaba devastadoramente atractivo, impecable, y por un momento, Mindy se quedó petrificada. Olió su fragancia masculina...

Pero, ¿cómo se atrevía a entrar en la agencia de aquel modo? ¿Quién se creía que era?

Mindy dio un paso atrás y luego achicó los ojos diciéndole:

—Noventa y cinco por ciento. Antes de que usted viniese por aquí.

—Teniendo en cuenta las elecciones que ha hecho

para mí, no puedo creer que haya conseguido ni un cinco por ciento de éxito en los encuentros. No sé en qué estaba pensando cuando seleccionó a esas mujeres, pero no es posible que tuviera en cuenta la lista de características que le he dejado.

—Tome asiento —dijo Mindy, harta de aquel hombre. Puso una mano en su pecho y lo empujó, haciéndolo sentar en la silla que estaba frente a su escritorio.

Benton Maxwell la miró, perplejo, como si nunca lo hubieran tratado de ese modo.

—Así está mejor —dijo ella.

Pensó en sentarse en su sillón, pero luego decidió que le gustaba estar en aquella posición de superioridad respecto a él.

—Usted, señor Maxwell, tiene que aprender muchas cosas de las mujeres.

—¿Sí? —preguntó él, menos amedrentado.

—Sí. Primero, no puede reducir a una mujer a una lista de atributos, y esperar encontrar una compañera para compartir la vida. Y si está decidido a presentar una lista de características, sería mejor que no fueran las correspondientes a mujeres de los años cincuenta.

Benton Maxwell suspiró.

—Yo simplemente le dije lo que esperaba de mi esposa, y le pedí que encontrase alguna candidata apropiada.

—Es más fácil decirlo que hacerlo, me temo.

—¿Entonces, quiere decir que no puede hacerlo? ¿No es capaz? —la miró asombrado—. Permítame que le pregunte una cosa, señorita McCrae. ¿Usted trata de este modo a todos sus clientes? ¿Sermoneándolos? ¿Criticándolos por sus preferencias? —miró alrededor—. ¿Empujándolos?

Fue entonces cuando Mindy se dio cuenta de lo que

estaba ocurriendo: él no sabía que era despótico, que no era razonable. No se daba cuenta que buscaba a una mujer que ya no existía. Simplemente, no lo sabía.

Y creía que ella estaba loca, se notaba en sus ojos azules.

Mindy le sostuvo la mirada, y por un instante deseó que él se diera cuenta de que ella no estaba loca. De que era una persona normal, y muy amistosa.

Luego, se dio cuenta de que era una tontería que le importase la opinión de aquel hombre. El hecho de que ella lo hubiera visto de un modo nuevo totalmente, no lo disculpaba de estar tan fuera de la realidad.

No obstante, decidió que sería un desafío satisfacerlo. Incluso se sintió tentada de hacer una locura.

—Mire, yo le conseguiré una mujer, alguien que satisfaga sus requisitos, alguien a quien, al menos, pueda aguantar.

—Sinceramente, no estoy seguro de que haga todo lo posible.

—¿No?

—No.

Mindy se sintió molesta.

—Bueno, señor Maxwell, eso lo veremos, ¿no cree?

—Bueno, ahora te has metido en un lío —dijo Jane cuando Benton Maxwell se marchó minutos más tarde.

—No —respondió Mindy.

Porque había tomado una decisión.

—Estoy esperando —dijo Jane.

—Iré yo.

—¿Adónde irás?

—A una cita con él. Yo seré la última mujer con la que tenga una cita.

—¿Qué?

—Por supuesto que no puedo ser yo. No puedo ser Mindy. Así que haré una representación... Seré Mandy, mi imaginaria hermana gemela —Mindy sonrió, triunfante.

Jane se había quedado estupefacta.

—¡Deja de horrorizarte tanto! —le exigió Mindy.

—Estoy horrorizada.

—Verás, todo saldrá bien. Yo reúno sus exigencias: soy menuda, tengo buenas curvas, y soy inteligente, pero no tengo que demostrarlo. A no ser que sea necesario, por supuesto, lo que supongo que quiere decir que si él necesita solucionar un problema o quiere impresionar a alguien, tengo que demostrarlo. Y usaré esa peluca que me compré el año pasado para Halloween, ¿te acuerdas? Cuando aparecí disfrazada de Dolly Parton...

Jane parecía no poder creerlo.

—¿Cómo podría olvidarme? Mis pobres hijos estuvieron babeando por tus pechos postizos.

—Entonces, usaré la peluca y diré que soy mi hermana —continuó Mindy—. Dejaré que él pida lo que voy a comer y me fiaré de su juicio y fingiré que mi máxima aspiración en la vida es dar fiestas en jardines para las señoras del club. Me ajustaré totalmente a lo que él quiere. No tendrá queja de mí. ¿Comprendes? Es perfecto.

—¡Oh! Hay un problema, Min. ¿Qué pasa si le gustas?

Mindy sonrió malévolamente. Aquella era la mejor parte.

—Muy fácil. No le gustaré. Porque, mientras en apariencia Mandy será perfecta para él, a medida que transcurra la noche, se irá revelando como otra mujer. Se le derrumbará su mundo.

Jane la miró con curiosidad.

—¿Derrumbar su mundo?

Mindy asintió.

—Al final de la noche, yo... Es decir, Mandy, será la antítesis de lo que quiere en una mujer. Así mataré varios pájaros de un tiro.

—¿Qué pájaros?

—Bueno, por un lado, le demostraré que yo, la verdadera Mindy, puedo conseguirle una mujer con la apariencia que él busca, pero por otro, le demostraré también que ni las mujeres tan dóciles en apariencia, tan dependientes, pueden reducirse a una lista de estúpidos atributos. Y lo más importante: cumpliré con mi obligación de proporcionarle una tercera cita, y no volveré a verlo jamás.

Capítulo 3

—¿OTRA cita esta noche, eh? —preguntó Phil Harper a Benton, durante el almuerzo en Pigall, un restaurante cerca de su oficina.

Mike Kelly, el tercer miembro de su grupo se sentó en el momento en que Benton contestaba:

—Sí.

Eran sus mejores amigos, amigos de la universidad, pero Benton no quiso contarles que había recurrido a una agencia matrimonial.

—Bueno, tal vez con esta te vaya mejor que con las otras dos. Carry me está diciendo siempre que es hora de que te asientes y conozcas a una buena mujer —comentó Mike con una sonrisa.

Benton asintió.

Sus amigos habían estado insistiendo en aquel tema en los últimos dos años. Pero él no les había dicho que tenían razón. No le gustaba admitir que su mundo no era perfecto.

—Pronto vas a cumplir treinta y cinco años, ¿no? Es una buena edad para casarse... —dijo Phil.

Mike se rió y agregó:

—Sí, antes de que seas demasiado viejo para disfrutar de las orgías...

Benton no comprendió la broma y dijo:

—Veremos.

Realmente no tenía mucha confianza en su tercera cita. Hasta se arrepentía de habérselo contado a sus amigos.

A las otras dos había acudido esperanzado. Pero ahora estaba decepcionado.

Horas más tarde, al salir de la ducha, volvió a sentir aquella sensación de que la cita sería un desastre. Se vistió y pensó incluso en llamar a esa tal Mandy para cancelar la cita. Había parecido agradable por teléfono, pero ya no se engañaba tan fácilmente. Al fin y al cabo, la misma persona había arreglado las tres citas. A su mente acudió la imagen de la pelirroja de ojos verdes. Pura pólvora, pensó al recordar a Mindy.

Más de una vez cuando era pequeño su padre le había dicho:

—Te parecerá mentira, pero tu madre era pura pólvora cuando éramos jóvenes.

Entonces Benton se había dado cuenta de que sus padres habían tenido un pasado sin niños, del que él no conocía nada. Seguramente habría muchas cosas de la relación de sus padres que ni imaginaba.

No había comprendido que había querido decir su padre con aquello de «pólvora». Ahora lo comprendía. Mindy McCrae se lo había hecho comprender.

En los últimos días, no era la primera vez que lo asaltaba una imagen de la pelirroja. La había visto más guapa el día que habían estado gritándose mutuamente en su oficina... Llevaba un vestido verde ajustado, que le quedaba bien a pesar de ser un poco chillón. Se había fijado en ella más que la primera vez, seguramente sería por el modo en que lo había empujado. No estaba acostumbrado a que las mujeres fueran rudas con él... ¡Y hasta el recuerdo de aquella imagen lo turbaba!

Debía reconocer que aquel encuentro lo había dejado con la sensación de haber entrado en un mundo totalmente diferente, donde las cosas no eran como él las había imaginado, y no era de extrañar que se hubiera sentido incómodo, y hubiera salido con las manos sudadas por el shock... Pero no comprendía por qué se seguía sintiendo del mismo modo en aquel momento, lejos ya de aquella situación.

Él estaba acostumbrado a tener el pleno control sobre sí mismo. Y aquella pelirroja le había hecho perder el control sobre sus reacciones.

Agitó la cabeza y se puso la chaqueta antes de salir de su dormitorio.

No tenía que pensar en Mindy en aquel momento. No era momento para sudar.

El Mercedes llegó a la casa de Mindy. Al oírlo, el corazón de Mindy le dio un vuelco. Al principio le había parecido todo muy fácil. Pero ahora que tenía que pasar por ello, no le hacía tanta gracia.

Miró por la ventana y luego se acercó al espejo de cuerpo entero que tenía en su dormitorio. No se le escapaba ni un cabello pelirrojo de la peluca rubia que le llegaba a los hombros. Se pintó los labios y se puso colorete en las mejillas.

Llevaba un traje rosa de falda corta, pero con estilo, unos centímetros por encima de la rodilla. El estilo era otro atributo de los de la lista de Benton Maxwell.

—¿Qué te parece, Venus? —le preguntó a su gata, que la observaba desde el alféizar de la ventana.

El silencio de la gata y el que no saliera corriendo asustada fue suficiente respuesta para Mindy.

La gata estaba escondida. La casa más ordenada de lo normal. Sí, todo estaba como quería...

Cuando volvió a sonar el timbre, murmuró:

—Impaciente, como siempre.

Mindy respiró profundamente. Tomó coraje y abrió la puerta.

—Hola. ¡Tú debes de ser Benton! —dijo muy animada.

Al verlo se quedó con la boca abierta. ¡Era increíble lo guapo que estaba! ¡Se olvidaba siempre de lo apuesto que era!

—¿Oh, Mindy?

—No. Pero es comprensible tu error —dijo ella con una voz más suave de lo normal—. Soy Mandy, la hermana de Mindy.

Como había imaginado, Benton se quedó con la boca abierta.

—¿Mindy tiene una hermana? ¿Una hermana gemela? —preguntó Benton como si hubiera dicho: «¿Un monstruo?»

Pareció horrorizado cuando ella asintió.

—No nos parecemos mucho, no obstante. Tenemos pocas cosas en común.

—Sois iguales.

—Realmente, no. Sobre todo... Sobre todo desde que Mindy se tiñó el pelo y se lo cortó.

—¿Es rubia realmente? —preguntó Benton, sorprendido.

Mandy asintió.

—Es como yo.

Para divertirse, estuvo a punto de sugerirle que se fijara en las raíces de la cabellera de Mindy la próxima vez que la viera. Pero se reprimió.

—¿Quieres entrar un momento?

Benton entró, con torpeza. Ella se arrepintió de haberlo hecho entrar. Tal vez las cualidades de su pequeño hogar no encajasen con su idea de lo que debía ser una casa.

—¿Quieres beber algo?

—Bueno, tenemos reservada una mesa dentro de media hora en Greenwood Room.

«Como siempre», pensó ella. «Todo de prisa».

Pero le tenía que dar igual. Ella era la mujer de sus sueños, y no se molestaría por nada.

—De acuerdo, entonces. Voy a apagar las luces. Enseguida estaré lista.

Cuando Mindy se dirigió a apagar las luces, deseó que él la mirase por detrás. Al fin y al cabo, había pedido que la candidata fuera menuda y tuviera curvas, y ella había trabajado duramente para mantener su figura en los últimos años, y no le importaba que alguien lo reconociera.

—Entonces, Mandy, ¿a qué te dedicas?

Ella se dio la vuelta y lo miró con gesto angelical.

—Soy recepcionista.

Las recepcionistas eran listas, pero los hombres que disponían de ellas, como Benton Maxwell, no se daban cuenta de ello. Además, era una profesión que no necesitaba años de estudio, así que sería perfectamente creíble que ella se mostrase dispuesta a dejarla rápidamente. Era la profesión perfecta para Mandy.

—Muy bien —dijo Benton.

Había usado un tono que parecía decir «tienes mi aprobación». Pero Mindy siguió sonriendo, y disimuló su irritación.

—¿Dónde trabajas? —preguntó Benton.

Mindy se quedó petrificada. Fue una pregunta sencilla, tal vez demasiado sencilla. Pero ella no había pensado en esa parte, suponiendo que él no se molestaría en preguntarle nada.

Con la misma sonrisa, Mindy miró a su alrededor, en busca de una clave. Por la amplia entrada de la cocina divisó el jabón del lava-platos, encima del fregadero.

—En Procter y Gamble —respondió ella, nombrando a los fabricantes del jabón.

No cualquiera podía conseguir un trabajo allí, y el ser recepcionista en P&G era algo que hablaba bien de ella; dejaba claro que era «inteligente cuando fuera necesario».

El asentimiento de Benton le dio a entender que había acertado con el trabajo.

—Pero no en la central —agregó Mindy—. Trabajo en un complejo en Blue Ash.

Sabía que Benton trabajaba en el centro, y no podía arriesgarse a que él le dijera que trabajaba al lado de las oficinas de su empresa, o algo así.

Mindy se extrañó de mentir tan bien. Pero se alegró, puesto que le quedaba toda una noche de mentiras.

Cuando Benton abrió la puerta de su coche minutos más tarde, observó las largas piernas de Mandy mientras esta subía al coche. Llevaba una falda corta y las lucía estupendamente. Durante el viaje, Benton no dejó de mirarla de reojo.

«Mandy, la hermana de Mindy», pensó. No podía creerlo. De no ser por el cabello, el parecido era asombroso. No dejaba de pensar que la noche terminaría siendo un desastre, puesto que no podía imaginarse que ninguna hermana de Mindy pudiera ser aspirante a esposa suya. No obstante, no podía dejar de mirarla.

Estaba realmente provocativa, aunque con un estilo muy elegante, algo que a Benton le resultaba muy atractivo. Su traje era sofisticado, pero muy femenino. La tela se ajustaba a sus curvas de un modo que le hacía imposible dejar de mirarla. Y sus labios rosas eran una provocación también. A él no le gustaba demasiado el rosa en una mujer, pero a Mandy le quedaba muy bien. Todo en ella era refinado, coqueto y sexy a la vez.

—¿Cuánto tiempo llevas en P&G? —preguntó Benton, retomando la conversación previa.

—Desde que terminé mis estudios —sonrió recatadamente—. Hace ocho años.

Benton hizo cálculos: debía de tener treinta años. Perfecto. Lo suficientemente madura como para saber qué quería en la vida, y lo suficientemente joven como para seguir siendo atractiva, y para tener hijos, algo que Benton deseaba.

—O sea, que estás contenta allí —dijo él.

—He disfrutado mucho de mi trabajo durante estos años. Pero no quisiera hacerlo hasta el fin de mis días.

Lo asaltó la curiosidad.

—¿No? ¿Qué otra cosa te intentaría hacer?

Mandy sonrió débilmente, algo que por alguna razón lo excitó.

—Bueno, te parecerá un poco anticuado, pero supongo que si alguna vez encuentro al hombre adecuado y nos establecemos, me gustaría llevar una vida más sencilla y tranquila. La de esposa y madre, quizá.

Mandy se puso colorada, y lo miró como buscando su aprobación. No se imaginaba lo feliz que se había puesto Benton al oírla. No era de extrañar que sus partes bajas se hubieran tensado. Él ya sentía desde antes cierta atracción por aquella mujer, pero con aquello sintió, además, que le gustaba su compañía. Ninguna mujer había provocado en él esa mezcla de sensaciones tan perfecta, y menos aún en solo diez minutos. Aun siendo la hermana de Mindy.

—Espero que no te parezca una falta de ambiciones —comentó ella.

Él agitó la cabeza y la miró.

—No, en absoluto. Pienso que es estupendo.

—¡Benton, la carretera!

Benton clavó sus ojos en la carretera y se encontró con que se estaba saliendo. Frenó de golpe y se puso colorado. ¡Dios santo! ¿Cuánto hacía que no se sonrojaba?, pensó.

No miró a Mandy, simplemente dijo:

—Lo siento.

Enderezó el coche y se dirigió a la salida de la calle Third Street del Tunel Lytle.

No se atrevió a mirarla hasta que no abandonaron la oscuridad del túnel, al salir a la ciudad. Cuando la vio sonreír, le devolvió la sonrisa, y se sintió como un muchacho de dieciséis años que salía por primera vez con una mujer.

Llegaron a Greenwood Room. El guardacoches le dio un ticket y lo saludó por su nombre. Dejó a Mandy en una acera y fue a aparcar.

Cuando volvió a buscarla, Mandy tomó su brazo y se

dirigieron hacia la entrada de alfombra roja. Benton se sintió como un rey. No solo estaba entrando en su restaurante favorito con una mujer bonita, sino que además ella le gustaba de verdad. Se dijo que no debía confiar tanto en una mujer seleccionada por la agencia de Mindy McCrae, pero luego pensó que tal vez hubiera juzgado mal a la dueña de la agencia... Benton decidió perdonar oficialmente a Mindy por los encuentros fallidos. Si aquello funcionaba, valdría la pena todo lo demás.

Después de que los acomodasen en una mesa íntima para dos, alumbrada por una romántica vela, un camarero se acercó a ellos y le dijo:

—Buenas noches, señor Maxwell.
—Buenas noches, Henry.

Cuando Benton pidió un vino Pinot Gris, cosecha de 1994, notó la mirada de admiración de Mandy, y pensó que por fin alguien apreciaba a un hombre como él. El camarero se marchó y Benton volvió a mirarla. Mandy no desvió la mirada, ni siquiera pestañeó. La inmediata química que Benton había sentido hacia Mandy desde el principio amenazaba con superar a todas las otras razones lógicas por las que se sentía atraído por ella. Y la atracción sexual que había surgido entre ellos creó una atmósfera densa que solo pudo romperse cuando el camarero volvió a aparecer con la carta.

—La langosta al horno es excelente —empezó a decir Benton cuando se marchó el camarero.

Pero recordó que a las otras dos damas con las que había salido no les había gustado que él pidiera la comida por ellas, y no quería arruinar esta cena también.

—Si te gusta la langosta, quiero decir. Estoy seguro de que todo lo que tienen aquí está muy bueno —se corrigió.

Ella sonrió por encima de la carta forrada de piel.

—Me encantaría probar la langosta al horno. Y aprecio mucho en un hombre que sepa manejarse en un restaurante fino. Me encanta salir a cenar a lugares extravagantes como este... Además, con un hombre como tú se hace todo más natural.

Ambos se rieron. Y Benton se preguntó qué buena obra habría hecho para que finalmente el destino le deparase tan buena fortuna.

—En estos tiempos no es fácil encontrar a una mujer que valore una buena cena. Me alegro de que estés disfrutando de ella.

—Bueno, he comido con gusto muchas hamburguesas y pizzas, pero también sé disfrutar de cosas mejores. Siempre estoy dispuesta a expandir mis horizontes.

Benton pensó que tal vez estaba sonriendo demasiado para ser un hombre tan serio, pero en aquel momento no se sentía tan controlado. A medida que transcurría el tiempo se sentía más atraído por ella, y en un impulso, extendió la mano y le tocó la suya, delicada y suave.

—¿Puedo decirte una cosa? —preguntó.

—Sí, claro —dijo ella, mirándolo por encima de la luz de la vela. Sus ojos parecían dos esmeraldas.

—Tienes los ojos más brillantes que he visto en mi vida —Benton no podía creer que hubiera dicho algo así.

Había salido con muchas mujeres, pero nunca había sentido ganas de decir algo así. Sin embargo, con solo mirarla se sentía estúpidamente romántico.

—¡Oh! Gracias.

Al ver que ella se ponía colorada, Benton dejó escapar una débil risa, tanto por la situación en la que se encontraba, como por verse a sí mismo de aquel modo.

Ambos estaban nerviosos por la rapidez con la que estaban sucediendo las cosas, con el instantáneo magnetismo que había surgido entre ellos. Pero como era algo mutuo, aquella incomodidad casi no importaba.

—Eso no era lo que quería decirte en realidad —admitió Benton—. Pero me salió eso.

Ella lo miró y le preguntó:

—¿Qué otra cosa querías decirme?

Benton suspiró. Aquello era el tipo de cosa que debía decirse al final de una cita, cuando le dijera que quería volver a verla, pero él quería decirlo en aquel momento.

—La verdad es que, cuando llegué a tu casa y descubrí que eras la hermana de Mindy, tuve la sensación de que la salida sería un fracaso. Como ves, tu hermana y yo no nos caímos muy bien.

Mandy asintió y dijo:

—Me lo dijo...

—Pero tienes razón. No te pareces nada a ella. Y me lo estoy pasando muy bien contigo. Espero que tú también te lo estés pasando bien.

La sonrisa de Mandy lo iluminó por dentro.

—Sí, Benton. Me lo estoy pasando muy bien —Mindy le apretó los dedos.

Y aquella sensación le golpeó exactamente en la entrepierna.

Mindy no podía dejar de mirar los ojos azules de Benton, eran casi del color de la noche en aquella habitación tenuemente iluminada. Su mano grande cubriendo la de ella le estaba produciendo un calor interno, como un cosquilleo.

¿En qué estaba pensando?, pensó Mindy.

Bueno, estaba pensando en representar el papel de mujer ideal para Benton, contestando cada pregunta como él deseaba, dedicándole sonrisas de admiración y adoración. Era todo una farsa. ¿No?

Claro que era una farsa. Pero cuando él había dicho que sus ojos eran brillantes, ella se lo había creído. ¡Y hasta se había puesto colorada, por Dios!

Para su sorpresa, había encontrado a Benton menos irritante que antes. Y hasta hubiera jurado que estaba sinceramente interesado en ella, en querer conocerla, en escucharla. Incluso no tenía prisa, ahora que lo pensaba. Era una velada muy agradable, y Mindy se sentía un poco mareada. No pudo evitar preguntarse si no lo habría juzgado muy severamente.

Pero aun si lo hubiera hecho, no debía dejarse llevar por aquellas sensaciones románticas. Debía seguir con su plan. Debía llegar el momento en que lo enfriase. No le quedaba elección. No solo porque eso fuera parte del plan, sino porque ella estaba fingiendo ser una persona que no era. Alguien que no existía. No tenía la opción de que él le gustase de verdad.

Por supuesto que el oír sus comentarios acerca de cuánto se alegraba de que ella no fuera como Mindy la ayudaba a no descarrilarse y seguir con su primera impresión sobre Benton. «No te olvides de ello», se ordenó internamente mientras el camarero servía el vino.

—Por muchas noches especiales —brindó él.

Ella alzó su copa también.

—Y por ti, Mandy, por hacer de esta una de ellas.

Mindy se mordió el labio, tragó un sorbo de vino afrutado y casi se olvidó de lo que acababa de razonar. Él era... demasiado perfecto. Y lo siguió siendo a medida que transcurría la noche.

Benton le siguió haciendo preguntas sobre su trabajo, lo que forzó a Mindy a decir unas cuantas mentiras más, algo que le recordó que nada de lo que estaba sucediendo allí era real. Y cuando le preguntó por su familia, Mindy habló del divorcio de sus padres hacía unos años, y le contó que seguía teniendo una relación estrecha con ambos, aunque su padre, un ex lugarteniente del ejército, ahora vivía en Arizona. Pensó que tal vez el hecho de que hubiera un divorcio en la familia podría alarmar a Benton, pero pareció muy comprensivo y solidario con ella. En su relato, por supuesto, de repente había dejado de ser hija única, para convertirse en una de dos gemelas, e intentó no hablar de ese tema, diciendo lo mínimo necesario.

Él habló de su trabajo, de su empresa, y le contó cosas sobre su familia, muchas más de las que le había contado a Mindy durante su entrevista. Lo que en principio le había parecido una familia fría y guiada exclusivamente por el éxito empresarial se trasformó en una familia atractiva y cálida.

Le contó cuánto deseaba que llegasen las vacaciones, puesto que eso significaba ver a su hermano, a su hermana y a sus padres, además de a sus cuatro sobrinos.

—Solemos hacer planes para pasar unos días en la playa en verano, en casa de mis padres.

—Ahora que tus padres viven en Florida, ¿dónde pasas la Navidad?

—Aquí, donde hemos crecido todos —le dijo Benton—. En mi casa. Disfruto mucho de su compañía. Es la única época del año en que se usan todas las habitaciones y cuartos de baño de la casa. El resto del año la casa está vacía, salvo por mi presencia.

El corazón de Mindy se contrajo al percibir que Benton lo había dicho con un poco de tristeza. No era de extrañar que quisiera una esposa. A pesar de la lista que había hecho, tal vez la razón por la que quería casarse fuera menos fría de lo que ella había imaginado.

—¿Por qué tienes una casa tan grande? —le preguntó—. ¿Has pensado en las reuniones familiares o...?

—Cuando la compré, hace cinco años, me pareció una buena inversión. Pero ahora que llevo viviendo solo tanto tiempo, supongo que espero... llenarla. Con una familia.

Mindy no contestó y bajó la mirada hacia la langosta. Se dio cuenta de que le gustaba mucho a Benton. Seguramente creía que era la esposa que deseaba. Algo que estaba planeado. Pero lo que no había podido calcular era que él le resultase tan... ¡encantador!

Cuando se fueron del restaurante, una hora más tarde, Benton dijo:

—Podríamos dar un paseo, ya que hace tan buen tiempo...

Tenía razón. Una suave brisa había refrescado la noche de mayo. Era de noche, y las farolas de la calle habían transformado la ciudad en un paisaje romántico y borroso. Y el vino, suponía, la había puesto un poco alegre, haciéndole seguir sus deseos en lugar de sus planes. Ya encontraría el modo de estropear la noche. Pero todavía no.

—¿O te gustaría montar en un coche de caballos, mejor?

Un coche tirado por caballos... Los que salían de Fountain Square y daban un paseo por la ciudad, pensó ella.

Durante años, cada vez que Mindy veía a alguna pareja acurrucada en uno de esos coches, había deseado estar en esa situación algún día, con el hombre adecuado, con un hombre al que le gustase compartir algo tan romántico. Y había terminado pensando que ese hombre no existía.

Mandy se agarró del brazo de Benton más fuertemente. En el movimiento rozó su pecho con el cuerpo de él y se excitó. Luego le sonrió.

Debía parar aquello, se dijo a sí misma. En ese mismo momento, antes de que las cosas fueran más lejos. Era hora de que Benton cambiase de parecer acerca de ella, hora de transformarse en... la anti—Mandy.

En aquel momento, se oyó música en la calle y eso le dio la solución. Se fueron acercando al local de donde venia la música, y Mandy se asomó a una ventana por la que vio gente bailando al ritmo de un viejo disco de Blondie.

—O... ¡Podríamos bailar! —exclamó Mandy.

—¿Qué?

No lo miró. Agarró su muñeca y lo arrastró hacia la puerta abierta desde donde venía la música.

—Mandy, ¿qué estás haciendo?

Lo arrastró hasta meterlo en una habitación llena de humo, de sudor y de gente. La música estaba tan fuerte que apenas podía oír el latido de su corazón. Mandy se detuvo frente a la barra y gritó al camarero:

—¡Un mojito!

—¡Mandy! —exclamó Benton, tratando de que lo escuchase en medio del ruido—. ¿Por qué venimos aquí?

—He tenido un fuerte impulso —gritó ella.

—¿El impulso de qué?

Cuando apareció la copa de Mindy, Benton inmediatamente fue a pagar con su tarjeta de crédito, pero Mindy sacó un billete de diez dólares del bolsillo y lo puso en la barra.

—Cóbrate —dijo. Y se bebió la copa de golpe.

Necesitaba más valor para seguir con aquella farsa, o mejor dicho, para desenmascarar la farsa.

—¡Bailemos! —exclamó.

Se desabrochó los botones de su chaqueta y se la quitó, mostrando una especie de body muy atrevido, con la espalda al descubierto. Lo había comprado para disfrazarse de Madonna en una fiesta de Halloween, en casa de Jane, y sabía que había causado sensación.

Alzó la mirada y vio los ojos de Benton atraídos por aquella visión. Notó que tragaba saliva.

—Mandy... —susurró Benton.

Mindy dejó la chaqueta en la barra, y caminó segura hacia la pista de baile, gritando por encima de su hombro:

—¡Venga, Benton, libérate un poco! ¡Diviértete!

—¿Que me libere? —preguntó él, siguiéndola.

Benton se sentía como si lo acabase de atropellar un camión. Hacía unos minutos todo era perfecto, y ahora se veía en medio de un mar de cuerpos ondulantes. Pero lo que más lo turbaba era ver los hombros desnudos de Mandy, ¡y lo que parecían ser unos increíbles pechos! Ese body se los ajustaba y los hacía mover hacia arriba y hacia abajo y... Durante la cena se había sentido excitado, pero débilmente en comparación con la excitación que sentía en aquel momento.

Mandy se dio la vuelta, decidiendo, al parecer, que habían llegado al lugar apropiado de la pista de baile. Extendió sus brazos y le rodeó el cuello, apretando su cuerpo contra él. Se balanceó y giró, lo que lo obligó a balancearse y a girar, de un modo muy rígido, aunque en ningún momento había decidido hacerlo conscientemente. No bailaba así desde la época de la universidad. Y no lo había echado de menos, ni había deseado volver a hacerlo. Pero le gustaba que Mandy se apretase contra él, y no tenía ganas de iniciar una discusión por ello.

Cuando se acabó la canción de Blondie, empezó otra música, y Mandy empezó a hacer unos movimientos muy insinuantes con su pequeño cuerpo, Benton. Solo lo miraba a él mientras bailaba, pero muchos hombres fijaron sus ojos en ella. Era una imagen muy erótica. Todos sus movimientos gritaban sexualidad, sus pechos se insinuaban a través de la tela negra apretada, sus caderas se movían rítmicamente. Luego, como si no lo hubiera excitado bastante, sus manos se deslizaron suavemente por encima de sus pechos y recorrieron su cuerpo hasta sus muslos y llegaron al dobladillo de su falda. Lo levantó gradualmente, jugando con él, hasta que Benton vio el borde de encaje de sus medias, y el liguero rosa que las sujetaba.

En parte, Benton no quería estar allí. Se sentía más extraño que en un país extranjero, como si fuera un universo diferente. Nunca se había sentido atraído por aquel tipo de mujer, salvaje, desinhibida... Y la verdad era que no comprendía qué le había pasado a la dulce y sofisticada dama con la que acababa de cenar. Sentía que debería pedirle que parase y que debería llevarla a casa...

Por otra parte, lo estaba volviendo loco de deseo. En aquel momento, él era solo de carne y hueso.

De pronto, algo desconocido y casi peligroso se apoderó de Benton y lo empujó a agarrar a Mandy y apretarla contra él. Empezaron a moverse juntos al ritmo sensual de la música.

En ese momento Benton se preguntó qué estaba buscando en una mujer. Estaba a punto de olvidarse de sus ideas de la esposa perfecta, de olvidarse de todo, excepto de aquella sensualidad caliente que vibraba dentro de él. Nunca se había imaginado que quería aquello, ¡pero tal vez fuera así!

Mindy estaba entregada a la música, al hombre que estaba con ella y a la excitación que corría por sus venas. Con deseo de más, instintivamente, metió su muslo entre los de él. ¡Y al tocarlo descubrió que estaba duro como una roca!

Aunque le costó, quitó la pierna de allí y se echó hacia atrás. Pero no dejó de bailar y de mirarlo provocativamente todo el tiempo.

¡Su plan se había ido al garete! ¡Se suponía que Benton tenía que estar furioso con ella, tenía que dejarla en su casa y tenía que aprender una lección...!

Pero en cambio, estaba excitado. Sus ojos la miraban con deseo, y estaba bailando... ¡Bailando! ¡Por el amor de Dios!

¡Y lo más sorprendente no era la excitación y entusiasmo de Benton, sino el suyo propio!

Mindy jamás se había imaginado que hubiera podido bailar como lo estaba haciendo, ni siquiera en privado, ¡con aquella ropa que hubiera podido describirse técnicamente como ropa interior! ¡Y con esos movimientos tan eróticos!

El meterse en aquel local había sido una reacción desesperada por cambiar el curso de la noche. ¡Pero había resultado que aquello en lugar de estropear la noche la había calentado un poco más!

No obstante, estaba encantada de estar allí con aquel hombre tan atractivo. Y estaba sorprendida y encantada también de que lo estuviera excitando. La hacía sentir sexy y deseable, de un modo que jamás había experimentado.

Esa Mandy que ella había descubierto durante la cena, la que se había quedado fascinada con cada una de sus palabras y lo había dejado pedir su cena, la que había empezado siendo una farsa, tal vez no fuera del todo una representación, pensó. Eso la asustó. Tal vez fuera una parte de ella que no conocía.

Bailaron al compás de la música de los setenta. Por momentos sentía ganas de apretarse contra él, y se dejaba llevar por ese placer. En otros momentos, se separaba. Pero no dejaron de mirarse ni un momento, sus miradas sumergidas en el deseo. ¡Mindy nunca se había sentido tan libre!

Cuando empezó la música lenta, Benton tiró de ella y la estrechó en sus brazos. Se movieron juntos, y Mindy empezó a tararear una vieja canción. Benton le acarició el trasero y se lo apretó...

—Mmm... —susurró él en su oreja.

Luego, Mindy sintió el beso en el cuello. Se estremeció, y giró la cara hacia Benton.

Benton le dio un beso suave en los labios.

—Bésame más —se oyó decir Mindy.

Él la besó suavemente, pero con hambre. Mindy lo besó con toda la pasión que debía de haber guardado durante años. Sin pensarlo dos veces, metió su lengua en la boca de Benton y empezó a sentir una espiral de calor.

No estaba bien aquello, pensó.

Su comportamiento había tenido la intención de sorprenderlo y escandalizarlo, no de excitarlo.

Pero en aquel momento no estaba claro lo que estaba bien y lo que estaba mal.

Cuando Benton dejó de besarla en la boca, deslizó su boca por el cuello de Mindy y le dio un beso suave.

—Vayámonos de aquí. Vayamos a mi casa —dijo Benton.

¡Debía huir!, pensó Mindy. No podía seguir con aquello. Debía dejarlo allí plantado y salir corriendo.

Mindy intentó apartarse de él pero Benton no la dejó.

—Benton... Yo... —Mindy lo miró a los ojos.

No sabía cómo decírselo. Cómo rechazarlo. Cómo explicarle, después de lo que acababan de compartir.

—¿Sí, cariño? —preguntó Benton.

Ella tragó saliva e intentó hablar nuevamente:

—Yo...

Mindy miró la mano de Benton. Deseó que la siguiera acariciando.

—Yo... Quiero acostarme contigo.

Capítulo 4

DURANTE el trayecto a casa de Benton, Mindy notó que él la estudiaba detenidamente en la oscuridad del coche. Sus ojos brillaban con la excitación de la anticipación de algo que estaba sucediendo muy rápido. A la vez, Benton parecía seguro, y eso a ella le gustó.

Cada tanto, Mindy sentía la necesidad de gritar «¡Basta!» y detener aquella locura. Pero en aquel momento no podía pensar con claridad, y lo único que veía era su deseo por Benton.

Cuando llegaron, él tomó su mano y la acompañó a subir los escalones de la entrada de su casa.

El corazón de Mindy se aceleró.

Entraron en el vestíbulo de su mansión.

—¿Quieres ver la casa? —preguntó Benton. En la inmensa casa sonó un eco.

—Solo tu habitación —respondió ella, agrandando los ojos.

Benton sonrió pícaramente, como dándole a entender que él sentía lo mismo.

—Es por aquí —respondió.

Benton la acompañó por unas escaleras que parecían las de un palacio. Luego, soltó su mano para abrir una puerta doble al final de un corredor. Una enorme cama de roble ocupaba el centro del dormitorio. Era muy apropiada para rodar en ella. Mindy nunca había sido una acróbata, pero tenía la impresión de que Mandy podría serlo.

Benton le acarició la mejilla. Mindy se perdió en su mirada. ¡Oh! Ella había esperado que el viaje los enfriase y que pudiera volver a sus cabales, pero nada de eso estaba sucediendo.

—Eres muy bella... —dijo él.

Mindy sintió más deseo aún al escucharlo.

—Benton... Quiero que sepas que no suelo acostarme con un hombre en la primera cita...

—No importa.

—¿De verdad?

Mindy había pensado que un hombre anticuado como Benton sería más conservador en aquel tema, y su respuesta era prueba de lo mucho que él se había involucrado en aquella relación.

—No me malinterpretes —agregó Benton con una sonrisa—. Me alegro de que no sea así. Porque me hace sentir especial.

—Eres especial —contestó Mindy con voz temblorosa, mientras ponía sus manos en el pecho de Benton.

Entonces, como había sucedido en el club, el deseo se apoderó de ella y derribó sus últimas defensas.

—¡Oh, Benton! —le rodeó el cuello con sus brazos y lo besó.

El calor del beso fue como un relámpago en sus cuerpos.

A partir de entonces todo fue muy rápido.

Benton la besó apasionadamente, mientras le acariciaba todo el cuerpo. Mindy gimió al sentir sus manos en sus pechos. Entonces intentó aflojarle la corbata y desabrocharle los botones de la camisa blanca. Benton le quitó la chaqueta rosa, rodeó la cintura de Mindy y miró su body.

—¿Cómo te quito esto?

—Por detrás —Mindy se dio la vuelta para que viera los pequeños broches que cerraban la prenda. De pronto se encontró mirándose en el espejo de una cómoda. Benton estaba detrás de ella.

Se miraron un momento en el espejo antes de que él le besara los hombros desnudos. Luego comenzó a desabrocharle el body. Segundos después, la prenda cedió y terminó por caer, dejándola desnuda delante de él.

Benton se puso colorado mientras miraba sus pechos. Extendió las manos y los acarició. Se miraron a los ojos a través del espejo.

—No vayas tan despacio —dijo ella.

Benton la levantó y la llevó a la cama. Rodaron en ella como Mindy había imaginado al verla. Era blanda y espaciosa, y ambos lucharon salvajemente por despojarse de la ropa. Él le quitó la falda y las braguitas, dejándola solamente con las medias y el liguero. Mindy le quitó la ropa, dejándolo desnudo.

Benton la acarició con maestría, y ella no dejó de mirarlo a los ojos.

El traje y el body, que habían quedado tirados en el suelo, pertenecían a Mandy, lo mismo que la peluca que tanto había rogado que no se le saliera de su sitio.

Pero era Mindy quien se derretía cuando él la miraba a los ojos...

Cuando Benton alzó una mano hacia su cabello, ella se encogió de temor.

—¿Qué te sucede? ¿He hecho alg...?

—No, es que estoy un poco nerviosa... —lo que no era totalmente mentira.

Tenía muchos motivos para sentirse nerviosa. Si bien el hacer el amor con Benton no era uno de ellos. Estaba deseosa de hacerlo.

—No te pongas nerviosa. Solo quiero hacerte sentir bien.

En ese momento Benton entró en su cuerpo, y ella se sintió transportada a un mundo más dulce, más caliente... Fue como encontrar una parte de sí misma que siempre le había faltado.

En aquel momento no existía más que Benton, su cuerpo, su boca, sus tentadores susurros, mientras le hacía el amor a ella, a Mindy, no a Mandy.

Mindy se despertó horas más tarde. Se giró en la almohada y miró la cara del hombre que dormía a su lado.

Se incorporó en la cama. ¿Qué había hecho?

De acuerdo. Había tenido una experiencia sexual maravillosa y estupenda con Benton. Tres veces, de hecho. Pero, ¿qué había estado pensando? Debía de haberse vuelto loca.

Lo miró. ¡Oh, no! Había hecho el amor con aquel dulce y apasionado ser y le había hecho creer que ella era otra persona, una persona que no podía ser. Había sido perversa, malévola. No podía negarlo.

Bueno, solo podía hacer una cosa. Marcharse a hurtadillas. Una solución poco honorable. Pero ya era tarde para acordarse de comportamientos honorables.

Mindy se levantó de la cama, recogió su ropa y su bolso y se metió en el cuarto de baño. Tenía el número de teléfono de una empresa de radio-taxis. La había programado en su teléfono móvil pensando en que podría necesitarlo después de deshacerse de Benton, pero nunca se le había ocurrido que llamaría desnuda, desde el cuarto de baño de su casa.

Después de llamar, se vistió rápidamente y escribió una nota a Benton: «Gracias por una velada maravillosa».

Salió del cuarto de baño y dejó la nota en su mesilla. Luego se dirigió a la puerta. Antes de marcharse miró a Benton. Tuvo ganas de correr a su lado, de darle un beso en la mejilla, de decirle adiós de un modo mejor que con aquella nota. Pero no podía despertarlo. Era muy arriesgado. Así que se reprimió sus emociones y cerró la puerta.

El sol entró por la ventana e iluminó la cara de Benton. Con un gruñido, este se dio la vuelta en la cama y extendió el brazo para rodear a la atractiva mujer que tenía a su lado.

Pero no la encontró. Abrió los ojos y descubrió que estaba solo en la cama, como cualquier otra mañana.

No había sido un sueño, ¿verdad? No. No era posible. Su subconsciente no era capaz de semejante alucinación.

—Mandy, ¿dónde estás?

Debía de estar en el cuarto de baño. Las mujeres se pasaban largos ratos en el cuarto de baño, pensó Benton. Pero no contestó. Así que volvió a gritar, más fuerte aquella vez, pensando que quizás hubiera ido hasta la cocina en busca de algo para desayunar. Le gustaba la idea de compartir con Mandy el café de la mañana, pero no olía a café. Ni ella había contestado a su llamada. Solo el silencio de su casa vacía, el eco de su voz.

Se incorporó con la idea de ir a buscarla, y entonces vio una nota en la mesilla. La leyó. Le llevó unos momentos digerirla, aceptar que se había marchado, pero, lentamente, lo inundó un sentimiento de decepción y desconcierto. Estaba solo. Como siempre.

Lo que no comprendía era por qué.

Miró la almohada donde había esperado encontrarla y recordó la maravillosa noche que habían pasado juntos. Había sido como un sueño. Pero había sido realidad.

En muchos aspectos, Mandy había sido distinta a lo que había estado buscando en una mujer; sin embargo, había sido perfecta. La había acariciado, había oído sus gemidos... Y aquello le había hecho recordar a la mujer dócil y a la vez refinada con la que había cenado. Y cuando se había puesto a horcajadas encima de él, había vuelto a sentir que era la mujer salvaje y descarada que había bailado sensualmente en el club. Y para sorpresa suya, se había dado cuenta de que le gustaban ambas caras de ella. Tal vez hasta amase ambas facetas de Mandy.

«Demasiado pronto para pensar en la palabra amor», se dijo.

Pero no lo era. Si aún sentía un resto de temor al pronunciar aquella palabra, era debido a malos recuerdos y emociones de su juventud. La verdad era que quería enamorarse. Y Mindy había encontrado la mujer ideal, justo en el momento en que empezaba a pensar que no existía mujer para él.

Pero se había marchado. Lo había dejado. Cuando se había dormido en sus brazos ni se le había pasado por la cabeza que pudiera ocurrir aquello.

Benton quiso borrar la decepción de su mente y miró el reloj. Eran más de las nueve. No había puesto el despertador. Su oficina sería un caos en ese preciso momento. Debían de creer que lo había atropellado un autobús o que había sucedido alguna catástrofe.

Se pasó la mano por el pelo y agarró el teléfono.

—Grupo Maxwell.

—Soy yo, Claudia —dijo Benton.

La mujer suspiró, aliviada.

—Me alegro de saber que está bien. Está bien, ¿no?

—Sí, estoy bien.

—Está empezando a acostumbrarse mal... —dijo Claudia con tono de abuela, mezcla de reproche y comprensión.

Pero él no quería contarle ningún detalle acerca del motivo de su tardanza.

—Así es. ¿Puede ponerse la señorita Binks? Quiero decir, póngame con ella, ¿quiere?

Mientras Claudia le pasaba con la señorita Binks, Benton se imaginó la cara de picardía de la vieja secretaria. Estaba seguro de que alguna gente del personal se había dado cuenta de que la señorita Binks se sentía atraída por él.

—Oficina del señor Benton Maxwell...

—Señorita Binks.

—¡Señor Maxwell! ¡Qué alivio sentir su voz! ¡Estaba preocupada!

El tono emotivo de la mujer era una nota más que se agregaba al cúmulo de sensaciones de frustración. Después de haber pasado una noche tan maravillosa con Mandy, y de haber comprobado lo bien que podía pasárselo con una mujer, no podía ni pensar en una relación con su ayudante.

—No hay motivo de preocupación. Está todo bien. Solo se me ha hecho tarde.

—¿Cuándo vendrá?

Benton pensó en sus planes para esa mañana y contestó:

—Tardaré una o dos horas, por lo menos.

—¡Oh! —respondió la señorita Binks, con un tono de decepción en su voz—. Quería repasar el informe sobre la cartera de acciones con usted.

—Hagamos una cosa, ¿por qué no lo repasa con Malcolm?

No tenía la más mínima gana de hacer de Celestina en aquel momento, pero la sugerencia podría mantener ocupados a ambos.

—¿Con Malcolm? —preguntó la mujer, sorprendida.

—Está tan al tanto como yo de esos informes. Y usted siempre me dice que tengo que delegar responsabilidades, así que delegaré oficialmente este asunto. A partir de ahora, usted y Malcolm llevarán los informes de la cartera de acciones y me enviarán un resumen de los resultados. ¿De acuerdo?

—Pero yo...

Benton no dijo nada, pero sabía que su ayudante era muy profesional y que acataría su decisión.

—Por supuesto, señor Maxwell —respondió finalmente la señorita Binks, aunque no pudo disimular totalmente el tono de derrota en su voz.

—Bien.

Benton se había sentido herido y engañado hacía unos momentos. Probablemente porque sus dos primeras citas con mujeres habían sido un rotundo fracaso, y porque la tercera mujer con la que había salido había desaparecido antes de amanecer. Pero la conversación con la señorita Binks le había devuelto la confianza en sí mismo.

Sabía que Mandy había experimentado lo mismo que él, y no la dejaría escapar sin que le diera una explicación. No sabía por qué había salido corriendo de su cama en mitad de la noche, pero tenía intención de averiguarlo.

—¿Que has hecho qué? —preguntó Jane, con los ojos tan grandes como el donut que estaba a punto de morder.

Mindy no había pensado contarle a Jane lo que había hecho, pero intentar ocultarlo era inútil. Así que se lo había contado en cuanto su amiga había llegado a la oficina.

—Ya me has oído. Me acosté con él.

—Bueno, eso le enseñará a no andar por ahí buscando estereotipos de mujeres... —dijo Jane con tono de burla.

—Yo no tenía intención de acostarme con él. Pero... sucedió.

—¿Cómo? ¿Cuándo has estado en un lugar tan íntimo como para que sucediera eso? ¿Empezó a besarte en su coche y no pudiste parar?

—En realidad, estuvimos bailando y... me invitó a su casa para hacer el amor... Y le dije que sí.

Jane mordió el donut, como si quisiera comprobar con aquello que lo que estaba escuchando era real.

—¿No pudiste controlarte? ¿No te diste cuenta de que él estaba haciendo el amor con alguien que realmente no existe?

—Parece que no —dijo Mindy, y se hundió en su sillón.

Jane se sentó erguida.

—Vale, vale... Solo dos preguntas. ¿Qué tal estuvo? ¿Y qué piensas hacer ahora?

—Fue increíble, y no sé qué voy a hacer.

—Sabía que no era buena idea. Y no creas que el haber salido de allí a hurtadillas soluciona el problema. Benton Maxwell sabe dónde vives. Y tu número de teléfono —dijo Jane, gesticulando con el donut.

—Sí, me doy cuenta de ello. Pero en aquel momento, fue lo único que se me ocurrió.

—Él no se quedará satisfecho con esto, si está tan loco por ti como dices...

—Está loco por Mandy —la corrigió Mindy—. No por mí.

—¿Y hay diferencia? —preguntó su amiga.

—Hay una enorme diferencia —respondió Mindy—. Mandy es una mezcla de June Cleaver y Madonna en su época erótica. Y yo solo soy yo. La Mindy normal.

—Bueno... —Jane miró hacia la entrada de la agencia—. No mires ahora, Mindy normal, porque nuestro apuesto y alto joven ha venido a verte.

Mindy dirigió su mirada a la luna del escaparate. Vio a Benton cruzando la calle, dirigiéndose a la agencia.

—Ha venido a verme a mí, no a Mandy.

Su corazón casi se detuvo al verlo poner la mano en el pomo de la puerta de la agencia.

Mindy fijó sus ojos desesperadamente en la pantalla del ordenador, deseando poder borrar la expresión sombría de su cara. Pero cuando sonó la campana de la puerta, alzó la mirada y dijo al verlo:

—Benton... Quiero decir... Maxwell III —agregó torpemente.

Mindy jamás había llamado a Benton por su nombre, y era un poco sospechoso empezar a hacerlo en aquel momento. Tosió y se tapó con la mano para disimular su metedura de pata.

—¿En qué puedo servirlo?
—Se trata de su hermana.

Benton habló tan solemnemente, que la invadió un rayo de esperanza. Tal vez estuviera enfadado con Mandy por haberse marchado. O se hubiera dado cuenta de que no quería una mujer tan atrevida que usaba ropa interior como ropa de calle. Quizás estuviera allí para pedirle que le devolviera el dinero o algo así... Al fin y al cabo, hubiera podido esperar cualquier reacción de esas de parte de Benton antes de la cita de la pasada noche.

Animada por esos pensamientos, Mindy dijo:
—Déjeme que adivine: tampoco le ha gustado.

Benton agitó la cabeza débilmente.
—No, no es eso. Estoy loco por ella.

El corazón de Mindy se agrandó de alegría... y de decepción.

Se sentía mareada al recordar imágenes de la noche que habían pasado juntos.

—¿De verdad? Quiero decir, ¿tan rápido?

Él asintió.
—Sé que parece muy rápido... Pero la verdad es que le debo una disculpa. La he juzgado mal. Usted sabe bien lo que hace. Al fin y al cabo, ha sido quien ha puesto a Mandy en mi vida.

Mindy casi se quedó sin aliento. Sintió ganas de echarlo de su oficina, para poder llorar desconsoladamente o golpearse la cabeza contra la pared.

—O sea que al final ha sido un éxito. Me alegro. Lo felicito y que tenga buena suerte.

—Pero hay un problema.

—¿Un problema?

Benton miró a Jane, que había dejado el donut en el escritorio y que fingía estar buscando una carpeta en un armario, a pesar de tener las manos sucias de azúcar.

Luego, se acercó más a Mindy y le dijo en voz más baja:

—Mandy se ha ido a hurtadillas de mi casa en medio de la noche.

Mindy lo miró. Pestañeó.

Benton se inclinó hacia adelante, aparentemente confuso.

—¿Está bien?

—Solo... Ha sido una mota de polvo en el ojo o algo así. Estaré bien.

—Bueno, su hermana... Mandy y yo fuimos a mi casa y...

—Sí, me ha llamado esta mañana —dijo Mindy deprisa.

No estaba dispuesta a dejar que Benton le relatara todos los detalles de lo que había hecho con Mandy.

—¿De verdad? ¿Qué le ha dicho?

Mindy hubiera querido decirle que Mandy había cambiado de opinión acerca de él. Que había dicho que había sido un error. Que no quería volver a verlo. Pero por alguna razón no pudo hacerlo.

Los ojos de Benton eran tan dulces y estaban tan llenos de ilusión... que no podía hacerlo de aquel modo. No podía aplastarlo así. Tenía que ser él quien tomase la decisión. Tenía que ser él mismo quien viera que Mandy no era una chica para él. Tenía que ser Benton quien quisiera alejar de su vida a Mandy.

—Me ha dicho que se asustó. Me ha dicho que se sentía incómoda —Mindy se puso un poco colorada—. No suele... Bueno, ya me comprende... tan rápidamente.

Benton también se puso un poco colorado.

—No tiene por qué sentirse incómoda. Todo ha sido... un sentimiento mutuo, no sé si me comprende.

Antes de que Mindy pudiera contestar, Benton le sonrió sinceramente y le dijo:

—Gracias, Mindy —se dio la vuelta para marcharse, un poco bruscamente, pensó Mindy.

—¿Gracias? ¿Por qué?

Benton se detuvo y miró hacia atrás.

—Por contarme lo que sentía Mandy. Eso lo explica todo.

—Entonces... ¿qué va a hacer?

—La llamaré esta noche y aclararé esto con ella. Arreglaremos esto enseguida.

—O sea que tiene intención de verla otra vez.

—¡Oh, sí! ¡Quiero verla muchas veces!

Mindy pensó que Benton no podría verla. Pero sonrió y dijo:

—Genial.

Benton llegó a la puerta, y se dio la vuelta antes de marcharse.

—Espero que su ojo esté mejor.

—¡Oh, sí! Gracias, hasta la vista —contestó ella.

Mindy se quedó mirando la puerta.

Jane se dio la vuelta y le dijo:

—¿Te has vuelto loca?

—¿Qué? —Mindy suspiró profundamente y respondió—: Jane, no podía hacerle tanto daño. ¿Has visto la mirada tierna de esos ojos tan bonitos?

—¡Oh, sí! La he visto. Está loco por Mandy, de acuerdo. Pero tú tienes un problema.

—Lo sé.

Jane recogió su donut y acercó su silla al escritorio de Mindy.

—Deberías contarle la verdad.

Mindy se puso erguida.

—¡La verdad! ¿Te has vuelto loca?

—Tal vez lo comprenda. Y entonces podrías vivir feliz el resto de tu vida y todo eso...

Mindy agitó la cabeza con vehemencia.

—De ninguna manera. En primer lugar, como te he explicado, él quiere a Mandy, no a mí. En segundo lugar, he cometido el delito más grande que puede cometer una persona que se dedica a buscarle pareja a la gente. Si le contase la verdad, ¡podrían impedirme el ejercicio de mi profesión!

Jane la miró y le dijo:

—Las agencias no tienen esas limitaciones.

—Bueno, si la gente supiera lo malignos que podemos ser, cómo podemos arruinar la vida de la gente... se darían cuenta de que debería haber unos requisitos, unas pruebas o algo así para poner una agencia matrimonial.

—Entonces, dile la verdad.

Mindy frunció el ceño. ¿Desde cuándo Jane era tan sincera y honesta? ¿Y desde cuándo ella, Mindy, no era sincera y honesta?

No obstante, sentía que podría salir de aquello sin confesar la verdad y sin herirlo tanto. Siempre tendría el recuerdo de la noche que había pasado con él, y el sentimiento de que podría haber sido la mujer de sus sueños si no hubiera organizado aquella farsa. Quería que fuera él quien dejase a Mandy.

—Espera. Tengo un plan.

Jane puso los ojos en blanco.

—Tiene que ser muy bueno.
—¡Solo tengo que ser la anti-Mandy!
—Si has sido supuestamente la anti- Mandy... Y no resultó, ¿ahora qué? ¿La anti-anti Mandy? ¿Y esa no serías tú? Ya sabes, negativo y negativo termina siendo positivo.

Mindy agitó la cabeza, molesta.

—Lo que quiero decir es que tengo que ser todavía peor que la mujer descarada que conoció anoche. Peor que la vampiresa que le dijo anoche que quería acostarse con él.

—¿Le dijiste eso directamente? ¡Le dijiste que...! —Jane alzó las cejas, incrédula.

—No cambies de tema. Tengo que hacer cosas más comprometedoras, incluso más peligrosas. Tengo que impresionarlo... Así, se sentirá incómodo y no querrá tener nada conmigo... Quiero decir, con Mandy... Y la vida volverá a la normalidad.

—¿Y tienes alguna idea de qué cosas serán esas, tan peligrosas y embarazosas?

—Bueno, todavía no las he pensado. Pero, créeme, serán perfectas.

Capítulo 5

BENTON miró el informe que tenía en las manos. Luego, dirigió su mirada a un reloj de oro que había en una esquina del escritorio, un regalo caro de la señorita Binks para Navidad. Las seis y diez. Era hora de que la señorita Binks se marchase a casa. Pero sabía que estaba allí, porque antes de irse siempre entraba a desearle buenas noches y a preguntarle si no necesitaba algo más. Estaba un poco más agresiva desde aquel día en que él había llegado tarde por primera vez y ella le había tocado la manga. Y las miradas de adoración habían empezado a ser más intensas. Así que el hecho de saber que no quedaba nadie en la oficina excepto ellos dos, le hacía sentir un poco... presa de ella.

O tal vez lo estuviera imaginando porque últimamente se fijaba más en los sentimientos de las mujeres.

Ahora se daba cuenta de la mirada de desprecio que había provocado en las dos mujeres con las que había salido antes de conocer a Mandy. En cambio esta había estado tan embelesada como él. Incluso había notado la actitud de la dueña de la agencia: unas veces parecía que lo odiaba, y otras que él le caía bien. También a veces la notaba nerviosa, algo que contradecía la impresión de mujer segura que le había dado la primera vez.

Pero quien le importaba realmente era su hermana.

En cuanto se fuera la señorita Binks, llamaría a Mandy. Podría cerrar la puerta de su oficina para hablar con tranquilidad, pero quería concentrarse completamente en la conversación, quería convencerla de que no tenía nada que temer, que la pasada noche no había hecho nada que lo molestase. Debía aclarar la confusión y hacer que todo volviera a la perfección de la noche anterior.

—Señor Maxwell.

Benton alzó la mirada y se encontró con la señorita Binks. No se podía decir que la pose que había adoptado su ayudante fuera una pose seductora exactamente, pero estaba apoyada en el quicio de la puerta, con una mano en la cadera, así que parecía más relajada que de costumbre. Intuía que debía de llevar allí un rato, y que él no se había dado cuenta. Y también tuvo el presentimiento de que no se equivocaba: había un cambio en su actitud hacia él.

—Señorita Binks, es muy tarde para que siga trabajando.

—Hay algo que quiero hablar con usted —dijo la señorita Binks bajando la mirada.

No fueron tanto sus palabras como su mirada lo que preocupó a Benton.

—Lamentablemente, estoy muy ocupado ahora. Además, estoy esperando una llamada importante de la costa oeste. Será mejor que lo dejemos para otra oportunidad.

Fue un poco frío, pero efectivo, y la señorita Binks estaba acostumbrada a su actitud distante cuando estaba inmerso en los negocios.

—Desde luego... —se alejó, pero luego le preguntó—: Si piensa quedarse hasta tarde. ¿No quiere que le traiga algo para cenar?

—Gracias, pero, no, señorita Binks. ¿Por qué no se marcha a casa? Que tenga una buena noche —Benton evitó mirarla y se distrajo con el ordenador, como para fingir que estaba ocupado.

—De acuerdo, señor Maxwell —respondió la señorita Binks con un triste suspiro.

Después de dudar un momento, finalmente se marchó.

Cuando oyó el ruido del ascensor no pudo evitar alegrarse. Si bien sentía mucho lo de la señorita Binks, estaba ansioso por arreglar las cosas con Mandy como para seguir preocupándose por su ayudante. Agarró el teléfono y marcó el número.

—¿Sí? —contestó una voz femenina.

—Mandy —habló con voz profunda y decidida—. Soy Benton.

—¡Oh, Benton! Siento lo de la pasada noche.

—Yo siento que te hayas marchado. Pero no lamento ninguna otra cosa de lo que ocurrió, y espero que tú tampoco lo lamentes.

—Lo que ocurrió fue que estaba tan... Me sentía tan incómoda por mi comportamiento... Y no solo por el sexo, sino por el modo en que me comporté en el club. Normalmente no soy así...

—¿No?

—Debe de haber sido el vino. Y el mojito que bebí

después. Dicen que no deben mezclarse las bebidas, y ahora sé por qué. Debo de haber estado un poco alegre, como si fuera... otra persona —Mindy carraspeó, luego pareció ahogarse un poco.

—¿Te encuentras bien?

—Sí, sí, estoy bien.

—Oye, nada de lo que hiciste anoche cambia lo que siento por ti.

—¿Y qué es? —preguntó ella con un tono más agudo de lo habitual.

—Te lo dije entonces —contestó él con una sonrisa—. Repetidamente. ¿No lo recuerdas?

—Bueno, yo había bebido mucho vino y un mojito.

A Benton le resultó dulce su sinceridad.

—Estoy loco por ti, Mandy. Completamente loco. Y no veo la hora de volver a verte.

—Comprendo.

—Pareces nerviosa.

—No. Solo que... Estoy... —su voz se apagó. Cuando Benton se había cansado de esperar que siguiese, de pronto continuó—: Benton, la verdad es que... ¡Yo también estoy loca por ti!

Mindy estaba lamentándose de lo que acababa de decirle por teléfono. No había tenido intención de decirle que estaba loca por él. Igual que no había tenido intención de meterse en la cama con él la noche anterior. Se miró al espejo y se acomodó la peluca. Al parecer, tenía un serio problema de control sobre sí misma con aquel hombre.

—Pero será la última vez —se juró, mirándose al espejo—. Cumpliré con mi plan y haré que Benton se arrepienta de haberme confiado su amor.

«Seguir con el plan, seguir con el plan, seguir con el plan...», repitió Mindy como si fuera un mantra, como le había aconsejado Jane.

—¿Sabes qué sucedió las últimas tres veces que no cumplí con mi plan? —le había comentado Jane durante su sermón.

Mindy había agitado la cabeza.

—Terminé con tres niños. Los adoro, por supuesto. Pero ellos cambiaron por completo mi vida y la de Larry, antes de que estuviéramos preparados para ello. ¿Quieres terminar así?

—Benton usa preservativo —le había respondido Mindy rápidamente.

Jane había puesto los ojos en blanco.

—Te lo he dicho figurativamente, no literalmente.

—Las tres veces —insistió Mindy sin poder reprimírselo. Luego, se arrepintió de haber soltado más información.

Jane la miró en estado de shock.

—¿Tres veces? ¿Lleva una capa y se lanza al vacío también?

—No lo sé. No hemos pasado tanto tiempo juntos. Pero no te preocupes. No habrá tres veces esta noche. No habrá ni una sola vez.

Y no la habría, se prometió a sí misma, aunque llevase puesta la ropa más provocativa que tenía.

El vestido era corto y se ajustaba al cuerpo. Lo había usado en otra fiesta de Halloween en casa de Jane, cuando había ido disfrazada de Marilyn Monroe. Al parecer, convertirse en Mandy requería revolver las cajas donde tenía los trajes de las fiestas de Halloween.

Mindy se recordó el plan de esa noche: beber varias copas, primer paso. Segundo: hacer cosas embarazosas de las que pudiera lamentarse en circunstancias normales.

Y empezaría por llevar ese traje, mucho más corto que el verdadero de Marilyn, y sin sujetador. Ciertamente no era el más adecuado para ir a un restaurante fino del brazo de un hombre clásico.

Realmente quería que su aspecto y su actitud le resultasen chocantes a Benton. Y algo que debía tener en cuenta era que debía mantener las dos personalidades completamente separadas. No debía dejar que Mindy se filtrase en el papel de Mandy.

Cuando sonó el timbre, Mindy se sobresaltó. Venus, su gata, también saltó de su asiento y corrió.

Entonces se dio cuenta de un detalle: tenía una gata. Y Benton era un hombre que odiaba a los gatos. ¡No podía creer que hubiera tardado tanto en darse cuenta de ello!

No fue fácil correr detrás de Venus y atraparla. Pero después del segundo timbre pudo agarrarla por fin, y abrir la puerta con la gata en brazos.

Los ojos de Benton iban de la gata a Mandy alternativamente.

—Tienes un gato —dijo.

Mandy alzó la barbilla y dijo:

—Mindy me dijo que no te gustaban los gatos, así que escondí a Venus la primera vez que viniste —se rio.

—¿Venus?

—La diosa del amor —le explicó, haciéndose a un lado para que Benton entrase—. Pensé que sería el nombre perfecto para una gata que pertenece a... ¡Uh! —pestañeó nerviosamente—.a una persona cuya hermana tiene una agencia de relaciones sentimentales.

«¡Dios santo! ¡Casi se me escapa la verdad!», pensó Mindy, y pestañeó nerviosamente.

Benton pestañeó también. Y ella se preguntó si sería contagioso su tic.

Mindy fue delante de él.

—Me la regaló Mindy, por eso le puse ese nombre.

Para su sorpresa, Benton sonrió.

—Bueno, supongo que no habrá una diosa de las recepcionistas, por ejemplo, así que tiene cierto sentido...

Mindy sonrió en respuesta. ¿Qué estaba sucediendo?, se preguntó Mindy. ¿Ya no odiaba a los gatos? ¿Y por qué no encontraba inadecuado aquel vestido tan ceñido?

—¿O sea que puedes soportar salir con alguien que tiene un gato? Porque si no puedes aguantarlo, lo comprendo. Todos tenemos nuestros límites...

—No hay problema, ¿por qué no lo iba a aguantar? —Benton extendió la mano y acarició a Venus detrás de las orejas—. Parece un buen chico...

—Es una chica.

—De acuerdo —respondió sonriendo.

¿O sea, que lo de la gata era así de fácil para él?

Mindy dejó a Venus en el suelo.

—Estás fabulosa con ese vestido —comentó Benton.

—¿Sí?

Benton la miró de arriba abajo.

Ella se excitó con aquella mirada tan elocuente.

—He sido un poco impulsiva esta noche, no sé, he tenido ganas de ponerme algo un poco... atrevido. Luego, he pensado que tal vez no fuese adecuado para el lugar adonde vamos...

—Estás muy atractiva. Cualquier hombre pensaría lo mismo.

¡Había cometido un error! ¡Se había olvidado de que estaba tratando con un hombre! ¡Y los hombres no veían más que pechos y caderas!, pensó Mindy.

Pensó en cuál era el punto número uno del plan: Beber algo.

—Vamos. Tengo ganas de disfrutar de la noche —dijo Mindy.

—Por nuestro romance —dijo Benton, alzando la copa.

Mindy alzó la suya también. Benton era hermoso, y sus ojos azules brillaban como luces en aquel lugar de luz tenue. Y lo deseaba.

—Por el romance.

Romance que no podía tener con él, se dijo. Tenía que dejar de mirarlo embobada.

Claro que todo hubiera sido más fácil si las cosas hubieran ido como había pensado. Pero todo había salido mal. El vestido, la gata...

El vestido había sido un fallo enorme. Todos los hombres la miraban, y evidentemente eso hacía sentirse orgulloso a Benton.

—¿Qué tal está el vino? —le preguntó él.

—Delicioso —Mindy tomó otro sorbo para demostrárselo—. Es muy bueno —agregó.

En aquel momento apareció el camarero. Miró a Mindy con actitud insegura y sacó un suéter de detrás de su espalda

—Perdone, señorita. Tal vez tenga un poco de frío... Puede ponerse esto, si lo desea...

¡Al fin un hombre que se daba cuenta de que estaba casi desnuda!, pensó ella. Se sorprendió de saber que en los restaurantes finos tenían chaquetas para las damas, al igual que tenían chaquetas para los señores.

No debía dejar escapar aquella oportunidad.

—Lo que deseo es darle un puñetazo en la nariz, por su impertinencia... —contestó ella.

El *maître* rápidamente dio un paso atrás, y Benton

se contrajo internamente. ¿Realmente Mandy había amenazado al hombre con golpearlo? Evidentemente, había bebido demasiado vino. Pero no por eso iba a dejar que el *maître* la hiciera sentir incómoda.

Benton miró al pequeño hombre con la chaqueta en la mano y con voz firme le dijo:

—La señorita está muy guapa esta noche. No le hace falta un suéter.

El hombre pareció acobardarse con el tono de voz de Benton.

—Por supuesto que no, señor. Le pido disculpas.

Benton asintió con la cabeza y el *maître* se dio la vuelta y se marchó, casi derrotado. Benton se sintió casi cruel. Después de todo, comprendía que el hombre solo estaba haciendo su trabajo, y él respetaba mucho los lugares que tenían ciertas exigencias. Por eso no frecuentaba los lugares de hamburguesas y los bares. Le gustaban los ambientes refinados, y suponía que la elegancia y cuidado en la indumentaria de sus clientes formaban parte de su ambiente también.

Pero le había ganado una primitiva necesidad de proteger a Mandy. Aunque a veces mostraba una actitud y un comportamiento un poco excéntrico, era excitante y divertida, además de estar encantadora con aquel vestido ajustado.

La miró y se excitó. Cubrir ese vestido hubiera sido un crimen.

Mindy no comprendía la actitud de Benton. ¡Amenazaba con dar un puñetazo al *maître* y él salía a defenderla! ¡Casi le daban ganas de besarlo por ser tan indulgente!, pensó.

—Espero que no te haya hecho sentir incómoda —comentó Benton.

—No. Pero gracias por defenderme.

—Me parece que no necesitabas que te defendiera... —Benton sonrió con picardía.

—Necesito un poco más de vino —dijo ella.

Después de varias copas, Mindy empezó a notar que era incapaz de controlar la división entre Mindy y Mandy.

Cuando Benton le contó lo mucho que echaba de menos a su familia, no pudo evitar mostrar su propia personalidad.

—Parece que estás muy unido a tu hermano y a tu hermana.

Benton se encogió de hombros y sonrió débilmente.

—No tan unido como lo estaba cuando era joven, evidentemente, pero los echo de menos y me gustaría que vivieran más cerca. Lamento no conocer más a mis sobrinos...

Aquella ternura hizo que Mindy sintiera ganas de contarle más cosas sobre su vida. Le contó que se habían mudado muchas veces durante su infancia y adolescencia, debido al trabajo de su padre, y que en el camino, en algún momento, había comenzado un alejamiento entre sus padres. Le confesó que aún sentía que su madre y su padre no estuvieran juntos. La familia se había establecido en Cincinnati después de que su padre se hubiera jubilado, pero pocos años más tarde este se había ido a vivir al oeste.

Hablaron de lo difícil que era tener los padres lejos, aun siendo adultos, y Benton le confesó que realmente quería tener hijos, porque deseaba volver a tener una familia.

Mindy sabía que él deseaba tener todo aquello con ella. Benton no era nada sutil. Así que hubiera sido el momento adecuado de decirle que ella no quería tener hijos. Que no quería atarse ni asumir esa responsabilidad. Pero no pudo hacerlo. Sinceramente, nada le sonaba mejor que compartir la cama con Benton y vivir con él en su casa, y tener con él dos o tres niños maravillosos.

—Claro que tal vez tú no tengas tanta necesidad de fundar una familia, puesto que aún tienes familiares cerca... —comentó Benton.

—Sí, mi madre vive al otro lado de la ciudad.

—Y tienes a Mindy... —le recordó.

—¡Oh, sí!

¿Cómo podía olvidarse de su querida hermana gemela?

—¿Tenéis una relación estrecha?

—Muy estrecha —dijo Mindy, alzando la copa para beber.

—Parecéis muy diferentes...

—No siempre, pero...

Recordó que le había dicho una vez que ella y su hermana eran totalmente distintas, y se dio cuenta de que se estaba contrariando.

Pero por suerte, Benton se rio sin darle importancia.

—No te preocupes. Sé lo que pasa con los hermanos. A veces se tiene una relación de amor—odio con ellos.

—¡Exactamente! A veces Mindy y yo somos tan parecidas que parecemos la misma persona! Pero otras veces, bueno, somos dos extrañas...

Benton asintió. Pareció muy interesado. Mindy se dio cuenta de que estaba hablando demasiado y de que era mejor callarse un poco, antes de que se le escapase la verdad.

—Hemos terminado... —comentó Mindy, mirando los platos vacíos—. Podríamos marcharnos.

—Sí —Benton dejó la servilleta a un lado, se puso de pie, y luego la ayudó a levantarse, sujetando su silla.

Mindy se horrorizó al darse cuenta de que no se tenía en pie. Sintió la necesidad irrefrenable de aferrarse a él, por un lado porque necesitaba agarrarse a algo, y por otro, porque se sentía terriblemente triste por saber que no podría haber nada entre ellos. Tal vez hubiera bebido demasiado.

Deseaba decirle la verdad, como le había aconsejado Jane, pero no podía. Era demasiado humillante, y no quería herir a un hombre que la apreciaba sinceramente. Bueno, al menos a su personaje imaginario.

Benton le dio la mano y la acompañó por el salón. Mindy se concentró en cada paso para no caerse. Fue entonces cuando Benton le acarició la palma de la mano con el pulgar y le dijo sensualmente:

—He pensado que podríamos ir a mi casa otra vez.

Entonces, al oír esas palabras, Mindy se tropezó torpemente y se cayó en la alfombra oriental del salón.

Oyó varias exclamaciones, pero a pesar del golpe que se dio, se alegró de que hubiera ocurrido aquello, porque podía ser un tipo de escena bochornosa para Benton, ¿no?

—¡Mandy! ¿Estás bien?

Benton se arrodilló a su lado.

—¿Se encuentra bien, señorita? —preguntó un empleado del restaurante, que apareció en ese momento—. ¿Quiere que llame a una ambulancia, señor?

—¡No por Dios! —exclamó Mindy—. No estoy herida. Estoy borracha.

—Te has dado un buen golpe —Benton le hizo masajes suaves en el hombro—. ¿Estás bien?

—Estoy perfectamente —respondió ella, aunque le

dolía todo el cuerpo, y sabía que le iba a costar ponerse de pie.

Miró a Benton, que parecía preocupado por su estado, y le dijo:

—No te atreverás a volver aquí...

—Por supuesto que sí. Tengo mucho dinero —contestó él.

Cuando por fin estuvieron fuera, Mindy se sintió feliz. El aire fresco parecía hacerla revivir y olvidarse un poco de lo ocurrido. Esperaba que aquello sirviera de algo al menos.

Se agarró del brazo de Benton y se pusieron en la parada de taxis.

—Entonces, ¿qué me dices?

—¿Qué te digo? —ella no sabía de qué estaba hablando.

—¿Vamos a mi casa?

Ahora recordaba la invitación que la había hecho tropezar.

En aquel momento le pareció estupendo aquello de ir a su casa, por muchos motivos, entre ellos, el poder descansar y...

—Puedo darte masajes... —dijo Benton—. Incluso podríamos darnos un baño juntos con hidromasajes. Luego, te podría llevar a la cama y...

—¡No! —gritó ella.

La pareja que estaba delante de ellos se dio la vuelta y los miró.

—Lo siento —dijo Mindy.

Ambos desviaron la mirada. Luego Mindy miró a Benton, que parecía sorprendido y algo herido.

—¿No? —preguntó.

Su expresión le rompió el corazón.

—Bueno, no he querido decir que no exactamente.

Quiero decir, todavía no. Me gustaría dar una vuelta por la ciudad, como hicimos el otro día.

La expresión de Benton pareció relajarse, algo que casi derritió a Mindy.

—Es posible que te venga bien mover un poco los músculos, después de semejante caída, para que no se te queden rígidos —admitió él.

—Sí, estaba pensando lo mismo —mintió ella, mientras se alejaban de la parada de taxis y se dirigían a un paso de peatones. El semáforo estaba verde para ellos.

—Podríamos caminar hasta Fountain Square, y tomar un coche de caballos...

Ella volvió a excitarse ante la idea. Pero un cartel de neón rosa llamó su atención, y recordó lo que tenía que hacer.

—O podríamos entrar aquí —Mindy se detuvo frente al único sex-shop de Cincinnati. El maniquí del escaparate no llevaba más que trozos de piel negra como ropa interior, incluida una máscara, y empuñaba un látigo en la mano.

¡Eso lo espantaría!, pensó ella.

Él era un hombre de negocios con una reputación que cuidar. El que lo vieran en un establecimiento así lo comprometería seriamente.

Benton la miró escépticamente.

—¿Quieres entrar aquí? —preguntó sorprendido.

¡Al fin su plan funcionaba!, pensó Mindy.

—Sí, Benton. Sinceramente, sí.

Benton miró a su alrededor, luego miró el escaparate y finalmente a Mindy. Le sonrió con picardía.

—¡Qué diablos! ¡Vamos! —dijo por fin.

Tomó la mano de Mindy y tiró de ella hacia el antro iluminado con luces de neón.

«¡Oh, Dios!», pensó Mindy.

Un montón de objetos cilíndricos caían sobre sus cabezas en distintos colores y tamaños. Mindy se hubiera agachado y se hubiera escondido.

Desvió la mirada de aquellos inquietantes objetos, y se encontró con varios videos proyectando pechos, y revistas pornográficas. Hacia la izquierda, había algo más interesante: ropa interior. Aunque la mayoría estaba hecha con muy poca tela.

La cara de Mindy ardía. Se suponía que era él quien tenía que sentirse incómodo, y no ella. Pero en realidad, había pensado que Benton no se atrevería a entrar a un lugar así. Había evitado mirarlo desde que habían pisado aquel sitio, pero cuando lo miró, descubrió que Benton sonreía con indulgencia. Se había dado cuenta de que ella se sentía incómoda allí.

—Yo...
—Te quedaría muy bien eso... —comentó Benton.

Mindy desvió la mirada hacia el maniquí que estaba mirando Benton.

—¿De verdad? —se quedó con la boca abierta.

Se puso colorada de los pies a la cabeza al pensar que él pudiera imaginarla con semejante atuendo, con collar de perro negro incluido.

—Aunque me gusta más la ropa interior de encaje negra —comentó Benton.

Mindy sintió un gran alivio. Hasta ella tenía ropa interior de encaje negra. Pero los collares de perro eran otro asunto...

—¿Benton?
—¿Sí, cariño?
—¿Podríamos... marcharnos de aquí?
Él sonrió.
—Claro. Así me ahorrará el tener que taparte los ojos cuando mires aquel rincón de allí.

Ella se dio la vuelta instintivamente para mirar. Pero él le bloqueó la vista con su cuerpo, riéndose.

—Créeme, es mejor que no mires.

Cuando habían salido del restaurante, Mindy había sentido un gran alivio, después de aquel bochorno. Pero no era nada, comparado con el alivio que sintió al salir de aquel sex-hop.

Salió totalmente turbada de allí. Tanto por lo que había visto como por la actitud de Benton. No podía entender que un hombre conservador como él hubiera estado tan relajado en aquel lugar... ¡Parecía otro hombre, desde luego!

Mindy se sintió desesperada. Todo era perfecto. Y si no tenía cuidado, terminaría en la cama de Benton.

Tenía que hacer algo pronto. Algo tan tremendo que tirase por la borda todo lo bien que lo habían pasado hasta entonces.

—¿Y? ¿Qué hacemos ahora? —sonrió él, divertido.

Mindy estaba decidida a borrarle esa sonrisa, se dijo.

En aquel momento vio un coche rojo deportivo en una parada de taxis. No estaba el dueño.

—¡Demos un paseo en ese coche! —exclamó ella, con cara de maníaca.

—¿Quieres robar ese Lamborghini para dar una vuelta? —preguntó Benton, más tranquilamente de lo que ella había esperado.

—¡Sí! ¡Eso es lo que quiero hacer!

—Espera aquí —dijo Benton, y cruzó la calle.

Ella se desesperó.

Benton volvió un momento más tarde con el coche.

—Demos una vuelta, entonces —dijo.

Capítulo 6

BENTON nunca había disfrutado tanto de sorprender a alguien. Mandy y él corrieron en el coche hacia Columbia Parkway, con el viento dándoles en la cara.

—¿Has robado el coche? ¿Estás loco? ¡Nos van a meter en la cárcel! —gritó ella.

—¿No era eso lo que querías? —preguntó él riendo.

—¿Ir a la cárcel? ¡No! —Mindy agitó la cabeza, sujetándose fuertemente la peluca con las manos.

—Me refiero al Lamborghini. ¡Creí que querías asaltarlo y dar una vuelta! —Benton aceleró, disfrutando de la cara de pánico de Mandy.

Era gracioso. ¡Había querido actuar alocadamente! Sin embargo, cada tanto, aparecían también sus gestos y actitudes de la mujer recatada con la que había cenado la primera noche.

—Pero yo... Yo...

—Estás estupenda en este coche. ¿No es fantástico?

—¡No! ¡No es fantástico en absoluto! —volvió a agitar la cabeza, sin dejar de sujetarse el cabello.

Benton echó hacia atrás la cabeza y se rio de placer.

—¡Ni siquiera vamos a llegar a la cárcel porque antes nos vamos a matar en este coche! —gritó Mindy, aterrada.

—Bueno, hubiera sido una descortesía no hacerlo. Después de que me dijeras que querías que lo robase, quiero decir...

—¡Yo no te he pedido que lo robases! Yo te he dicho que quería dar una vuelta. Que es algo así como pedirlo prestado.

—Pedir prestado, robarlo, ¿qué más da? De todos modos es tarde ahora. Así que será mejor que te sientes bien y que disfrutes del paseo. Y ahora... —Benton se concentró en la carretera y puso la mano en la palanca de cambios—. Veamos qué puede hacer este coche...

Benton aumentó la velocidad y el coche hizo un ruido como si fuera un cohete. ¡Hacía mucho tiempo que no se sentía tan libre! ¡Que no disfrutaba tanto! ¡Que no se olvidaba de las presiones y responsabilidades de dirigir un negocio! Jamás hubiera pensado que asaltar un coche ajeno y dar una vuelta con él podía ser tan divertido, ¡aunque lo más divertido era tomar el pelo a Mandy!

A pesar de que la noche hubiera cambiado su rumbo, cada vez disfrutaba más de la mujer que tenía al lado. No podía explicarlo, solo sabía que el estar con ella lo relajaba y le quitaba el peso que solía tener su vida. Le hacía sentirse más joven y le hacía sentir una alegría que se había olvidado que existía.

Mandy estaba a su lado con gesto de terror, y era muy divertido. Pero como también quería que se lo pasara bien, decidió parar el juego y tranquilizarla.

—¡Conozco al chico! —gritó Benton en medio del ruido del motor, mientras tomaban una curva.

—¿Qué chico? ¿De qué estás hablando?

—Al dueño del coche. Lo conozco. Hemos hecho algún negocio juntos. Lo vi entrando en el restaurante y le pregunté si podía dejármelo para dar una vuelta —Benton sonrió, esperando que ella le sonriera también.

Pero no fue así. Mandy se quedó con la boca abierta y con un gesto que no comprendió. Debía de ser miedo... ¿O sería enfado?, se preguntó él.

Sin aviso previo, ella empezó a pegarle en el brazo. El coche perdió la dirección.

—¡Eh! ¡Vas a hacer que choquemos! —le advirtió Benton.

Mindy dejó de pegarle, pero empezó a gritar:

—¡Eres un desgraciado! ¡Me has hecho pensar que habías robado el coche! ¡Me has dejado que pensara que podían arrestarnos! ¡Yo ya me veía entre rejas!

Benton disminuyó la velocidad y le sonrió con satisfacción.

—Te he pillado, ¿eh?

—¿Qué?

—Te he asustado. Te gusta hacerte la alocada, ¡pero no eres realmente tan despreocupada! ¿No es verdad, Mandy?

Mindy jamás había estado tan confundida. Había creído conocer a Benton Maxwell, y ser capaz de predecir sus reacciones, pero después de aquella noche, no tenía ni una pista acerca de su personalidad. No sabía si Benton quería una mujer descarada o una mujer obediente y sumisa. «Es por esto por lo que tengo largas entrevistas con mis clientes», le hubiera dicho Mindy. Pero no quería descubrir su identidad, después de todo lo que había hecho para ocultarla.

—¿Cómo quieres que sea? ¿Quieres que sea desvergonzada realmente? —preguntó Mindy con cuidado.

—Como tú quieras. De todos modos, estoy loco por ti.

¡Oh, no! Aquello significaba que hiciera lo que hiciera no se podría deshacer de él.

—Pero, ¿por qué estás loco por mí? —preguntó ella, desesperada.

Benton condujo en silencio un momento. Luego, dobló hacia la izquierda, metiéndose en las colinas que rodeaban el río. Aparcó el coche en una calle tranquila, con árboles, y miró intensamente a Mindy. La luna iluminaba su cara.

—¿Por qué estoy loco por ti? Digamos que tú me haces recordar lo que he estado echando de menos. Con tanto trabajo y nada de diversión he terminado siendo aburrido y gris. Me haces sentir vivo.

—¿De verdad? —Mindy reprimió una exclamación.

Él asintió y respondió:

—De verdad.

Mindy intentó contener la emoción. Podría haber llorado, porque aquello era más serio de lo que esperaba. Lo estaba cambiando... Estaba cambiando su forma de vida, las cosas que pensaba, el modo de reaccionar y de actuar. Y... Bueno, tenía miedo de que aquello pudiera resultar muy serio también para ella.

Tal vez ya hubiera sucedido. Después de todo, no solía acostarse con hombres que no conocía, pero por algo lo había hecho el primer día. Al principio había pensado que era porque le gustaba representar el papel de la seductora Mandy. Pero ahora empezaba a darse cuenta de que lo que le pasaba era que cuando estaba con él se hacía más aventurera, más arriesgada, aunque hubiera durado poco en el sex—shop. Le gustaba saber qué se sentía usando ropa más provocativa, no hacer caso de lo que pensara la gente, experimentar aquellas pequeñas locuras que jamás habría experimentado de otro modo. Y compartirlas con Benton.

Hizo un esfuerzo por no derramar unas lágrimas de emoción y le dijo:

—Bésame.

—Con gusto...

Benton la besó apasionadamente. Mindy se perdió en aquel beso, en medio del perfume de la noche y de la luz de la luna. Los besos se sucedieron uno tras otro, hasta que se hicieron más profundos, con lenguas y caricias.

Mindy no había pensado subirse a su regazo. Ni engancharse en la palanca de cambios... Pero...

—¡Oh! —exclamó.

Benton la desenredó. Ella le rodeó el cuello. Sintió las caricias en sus pechos y lo besó apasionadamente, mientras sentía la caricia de su pulgar en el pezón.

Se movió para ponerse a horcajadas encima de él, algo que no era fácil con aquel vestido. Benton le acarició los muslos y hasta el borde de las medias. La miró a los ojos y siguió. Cuando llegó a sus caderas sonrió y dijo:

—Llevas encaje.

—No es negro —respondió ella.

—¿Y qué importa?

Benton empezó a besar sus pechos por encima del

vestido. Mindy se revolvió de placer y cuando él empezó a acariciarle entre las piernas, se movió contra su mano. Finalmente, Benton le quitó las braguitas de encaje y ella esperó la caricia directa sobre su sexo. Cuando lo sintiera, no podría parar.

Intentó recordar el mantra: «Recuerda el plan, recuerda el plan...», se dijo internamente.

—¡Para! —gritó.

Benton se echó hacia atrás, soltando el pecho que tenía en la boca y dejando las braguitas que tenía en la mano.

—¿Mmmm?
—¡No podemos hacer esto! —exclamó ella.
—¿Que no podemos?
—No podemos.
—¿Por qué no?

Era una buena pregunta.

—Porque... Porque... Este es el coche de tu amigo.
—Es verdad —él suspiró como comprendiendo.
—Te ha dicho que podías llevártelo para dar un paseo, pero no para hacer otra cosa.

Él asintió.

—Tienes razón.

Mindy se alegró de saber que él no había perdido todas sus cualidades de hombre conservador.

—Deberíamos devolver el coche.
—Y luego podríamos ir a buscar mi coche y hacerlo allí —dijo él con una sonrisa muy tentadora.

¿Quién iba a pensar que Benton podría ser tan libertino?

Aquello la excitó, y estuvo a punto de decir: «¡De acuerdo!» Pero tenía que recordar su plan.

—No —respondió Mindy.
—¿Qué? —preguntó él.

Mindy no sabía qué decirle, así que evaluó las opciones.

Podía decirle que todo iba demasiado deprisa, que era mejor refrenarse un poco, conocerse mejor, y pedirle que la llevase a casa...

O podía disfrutar de una última noche con él y...

—La cosa es... que...

—¿Qué?

—No podemos hacer el amor en este coche, ni en ningún otro coche.

Benton se echó atrás. con una mirada llena de decepción.

De pronto, Mindy pensó que era una locura luchar contra aquel deseo. Después de todo, ella también se sentía atraída por él...

—Es mejor que vayamos a tu casa —aclaró después—. Así podremos hacerlo durante toda la noche sin interrupción.

Benton estaba echado en la cama, desnudo, con las mantas hasta la cintura. Cuando ella salió del cuarto de baño, al verlo exclamó, sorprendida.

Él se apoyó en la cabecera de la cama y le dijo:

—He querido ahorrarte trabajo.

Mindy se puso colorada. A él le gustó.

—Gracias. Todos esos botones fueron un engorro la otra vez —contestó ella.

Caminó hacia la cama hasta que él le dijo:

—¡Para!

—¿Por qué? —Mindy se detuvo.

Benton extendió la mano en dirección a la mesilla y presionó un botón de un pequeño aparato de CD. Empezó a sonar la música que ella había bailado para él en su primera cita. Mindy agrandó los ojos, sorprendida.

—Tú...

—Lo compré después de la otra noche. No podía quitármelo de la cabeza, ni borrar tu imagen bailando.

Mindy se sintió un poco incómoda al recordarlo y eso a Benton le gustó. Todavía no sabía bien quién era Mandy: la mujer recatada que había conocido en un principio, o la muchacha más desinhibida que le había mostrado después. Pero lo que estaba claro era que no era difícil reconocer sus emociones, y después de años de moverse en un rígido entorno de negocios, donde la imagen lo era todo, le resultaba emocionante estar con alguien totalmente auténtico, ya fuese cuando se presentaba con una u otra imagen.

—Apaga un poco las luces —Benton le señaló el interruptor que había detrás de ella—. Y ven conmigo a la cama.

Cuando Mandy apagó una luz, la música empezó a sonar. La habitación estaba en penumbra.

Entonces, Mindy empezó a mover sus caderas al ritmo de la música.

Benton sonrió. Mindy se dio la vuelta de repente y lo miró a los ojos. Se puso a cantar la canción caminando sensualmente hacia él. Cada tanto, daba unos pasos hacia atrás, tentándolo, y a la vez alejándose. Se quitó los zapatos interrumpiendo la letra de la canción con un «¡Oh!», pero enseguida volvió a bailar. Se acercó más y se agarró a los pies de la cama con una mano, arqueando su espalda mientras subía y bajaba lentamente, haciendo que su cabello rubio se ondulase con el movimiento. Claro que la segunda vez que lo hizo, casi perdió el equilibrio, pero Benton sonrió cuando lo recuperó.

Se soltó de la cama y bailó con los brazos en alto, con los mismos movimientos sensuales con los que había bailado la última vez que habían oído aquella canción. Movió los brazos hacia atrás, y se oyó el ruido de la cremallera del vestido. Siguió bailando y cruzó los brazos delante de sus pechos. Él se quedó sin aliento cuando la vio bajarse lentamente el body y dejar sus pechos al descubierto.

Siguió balanceándose. Benton se reprimió un gemido de placer. Luego, finalmente llegó el momento que había estado esperando, ¡Oh, sí! Entonces, Mandy se llevó las manos al dobladillo del vestido y jugó con él mientras se lo levantaba.

Benton se quedó mirando, impaciente, mientras ella mostraba poco a poco sus muslos, y cuando él ya no daba más, Mandy volvía a bajarse el borde de la prenda.

Fue entonces cuando Benton decidió que ya estaba bien de baile esa noche, aunque fuera muy sensual.

—¡Oh, no! —exclamó, y se quitó las mantas.

Al ver su erección, Mindy exclamó, sorprendida. Benton tomó su exclamación como un cumplido. Tiró de ella hacia la cama y rodaron juntos hasta ponerla debajo de él.

—¡Oh, Benton! —exclamó ella cuando sintió sus caricias en sus muslos.

Después del tormento que le había causado aquel trozo de tela, Benton sintió verdadero placer al subirle el vestido. Un encaje un poco más oscuro que la piel de Mandy quedó al descubierto. Benton agarró su trasero con la mano y se dio cuenta de lo pequeñas que eran sus braguitas. Se rio.

—Dime una cosa, ¿siempre llevas cosas como esta?

—No, pero con este vestido, cualquier ropa interior quedaría marcada.

—Entonces me parece que deberías usar mucho este vestido.

Benton acarició el encaje mientras oía su suave gemido de placer. Deslizó una mano por debajo de la goma de las braguitas y se las bajó.

—Ponte más arriba —le ordenó.

Y le quitó el vestido, aunque no le fue fácil.

—Y ahora —Benton sonrió con malicia—. Échate y disfruta.

Jamás había visto una imagen más hermosa que aquella de Mandy echada en la cama, desnuda, entre sus almohadas. Con los labios sensuales y los ojos cerrados mientras se abandonaba al placer. Después de la última vez que habían hecho el amor, tan desesperadamente, ahora quería tomarse las cosas con calma, quería prolongar el placer.

Acarició su cuerpo con las manos y luego empezó a besarla desde el cuello hasta los pechos.

—¡Oh! —gimió ella.

—Relájate, cariño —le dijo Benton, apartando su cabello de la oreja—. Todavía queda mucho por disfrutar.

Siguió besando su cuerpo hasta su ombligo. Luego, acarició la parte interior de sus muslos. Encontró una marca de nacimiento muy graciosa detrás de una de sus rodillas. La acarició con la mano y luego con la boca. Ella se estremeció.

Entonces Benton no pudo esperar más. Entró en su cuerpo fácilmente. Y cuando empezó a moverse supo que nunca había tenido una conexión mayor con nadie. Benton había hecho el amor con muchas mujeres, y había estado algún tiempo con alguna de ellas, con la esperanza de poder sentir algo como lo que sentía por Mandy. Pero no había ocurrido nada hasta entonces.

Benton trató de alargar el placer pero al final no pudo más. El éxtasis se apoderó de él y lo convulsionó. Fue una sensación poderosa, mezcla de goce sexual y de plenitud espiritual, por la fuerte unión que sentía con ella.

«Te quiero», empezó a decirle. Pero se calló, porque era demasiado pronto. Y además acababa de ver algo raro, que lo distrajo de sus pensamientos.

¿Eran visiones o había un mechón pelirrojo saliendo por debajo de su pelo rubio?

Capítulo 7

GENERALMENTE Mindy estaba en su despacho a las ocho de la mañana, aunque la agencia no abría hasta las nueve. Así que cuando Benton la dejó en su casa a las diez, al día siguiente, sintió que era una aberración. Pero ser Mandy suponía una aberración. Y hacer el amor toda la noche con un hombre tan guapo como un dios griego tampoco era algo normal.

¡Qué noche! Y ni siquiera estaba pensando en lo que había ocurrido antes de llegar a la casa de Benton.

Habían hecho el amor una y otra vez. Estaba empezando a creer que tal vez Benton fuera de verdad un superhéroe. Se había quedado a dormir con él. Ni se le había ocurrido marcharse a hurtadillas. Por dos motivos: por un lado, porque el marcharse nuevamente le iba a traer el inconveniente de tener que explicárselo otra vez, y por otro, porque le gustaba estar en la cama con Benton.

Entre medio del sexo se habían reído, habían conversado, y Mindy se había sentido tan cómoda con él que se le ponían los pelos de punta de solo pensarlo.

Al parecer, no podía consigo misma. No podía remediar olvidarse de su plan.

Cuando se había despertado se había dicho: «¿Qué he hecho?». Era arriesgado quedarse allí, desnuda, con Benton. Él había jugado con su pelo varias veces, entrelazando sus dedos y haciéndola sobresaltarse constantemente... El episodio del coche deportivo del amigo de Benton también la había sometido a un gran estrés debido al temor de que se le volase la peluca. Y cuando él le había quitado el vestido por la cabeza, había sufrido terriblemente por miedo a que se le quitase la peluca. Benton estaba saliendo con una mujer imaginaria, y la cosa se estaba complicando cada vez más.

Llegó a la agencia a las diez y quince minutos. Jane estaba sentada en su puesto.

—¿Tienes gripe o vas a contarme algo?

Mindy se sentó detrás de su escritorio, metió su bolso en un cajón y encendió el ordenador. Miró el calendario y vio que al día siguiente tenía una entrevista con un nuevo cliente, y luego un informe con una mujer que había tenido la primera cita la noche anterior.

Giró la silla hacia Jane y dijo:

—Me siento como si tuviera resaca.

Jane miró a Mindy, luego bajó la mirada y descubrió algo preocupante. Se tapó la boca horrorizada, señalando con la otra mano las rodillas de Mindy.

—¿Qué ha sucedido?

Mindy sabía que tenía moratones en las rodillas, pero se había olvidado de ellos porque le dolían muchas partes del cuerpo.

—Me he dado un buen golpe.

Tenía más golpes en los codos y uno pequeño debajo de la barbilla, pero este último lo había disimulado con maquillaje.

—¿Puedo preguntarte dónde? —preguntó Jane.

—En un restaurante muy fino. Y supongo que he tenido suerte porque había una alfombra, porque si no, el daño habría sido mayor.

—Y esa es una de las cosas que has hecho para alejar a Benton, ¿verdad?

Mindy suspiró.

—Lamentablemente, no.

—Bueno, ¿has alejado a Benton de ti o no?

Mindy suspiró más profundamente.

—Lamentablemente, no.

—Supongo que eso quiere decir... que no has cumplido tu plan.

—¿Cómo quieres que lo haga? ¡Si Benton es tan dulce y tan maravilloso!

Jane frunció el ceño. Se puso el cabello detrás de las orejas y dijo:

—¿Es este el mismo hombre que vino aquí exigiendo un montón de cosas ridículas y dudando de tu capacidad profesional?

—Sí, supuestamente. Quiero decir, no parece el mismo, pero...

—¡Eh! ¡Tal vez esté fingiendo ser otro! —dijo Jane sarcásticamente—. ¡O quizás tenga un hermano gemelo!

—Muy graciosa. Tú querías que yo tuviera aventuras con hombres, ¿no? Querías vivir aventuras amorosas a través de mí.

—Bueno, sí, pero puedes parar ya...

—Es más fácil decirlo que hacerlo.

—Creo que es el momento de decirte que Benton ha estado aquí esta mañana.

—¿Ha estado aquí? ¿Esta mañana? —preguntó

Mindy, sin poder creerlo—. ¿Qué quería? ¿Lo ha dicho? ¿Ha tenido algo que ver con lo de anoche?

—Solo ha dicho que pasaría más tarde.

—¡Dios mío! ¿Qué puede querer de mí? ¿De mi persona real? —murmuró en voz más baja—. Después de la noche que hemos pasado, sé muy bien lo que quiere de Mandy.

—O sea, que te has acostado con él otra vez.

—Pero intenté no hacerlo, de verdad —dijo con sentimiento de culpabilidad—. Pero fue imposible.

—¿Sí?

Mindy asintió enfáticamente.

—Cada cosa que hacía para alejarlo terminaba teniendo el resultado contrario. Empecé por usar un vestido estilo Marilyn Monroe, pero a él le encantó. El *maître* del restaurante al que fuimos me insultó sutilmente, trayéndome una chaqueta para cubrirme, pero Benton se puso de mi parte. Luego me caí, y en lugar de sentirse molesto por el ridículo que le había hecho pasar, estaba preocupado por el daño que me había hecho. Después de eso lo llevé a un sex—shop, que por cierto, es un imperio de falos...

—Es una pena habérmelo perdido... —dijo Jane.

—Se mostró dulce y comprensivo. La que se puso nerviosa ante las cosas que veía fui yo. Ni siquiera me preguntó por qué lo había llevado allí... Y encima, cuando le pedí que robase un Lamborghini para dar una vuelta, accedió y lo hizo.

—¿Lo hizo? —Jane se quedó con la boca abierta.

—Al final, resultó que el coche era de un conocido, pero no se escandalizó cuando se lo propuse... Y cuando fuimos a su casa, descubrí que había comprado un CD de la música que bailé para él la primera noche. Así que volví a bailar...

Jane sonrió.

—¿Cuando dices bailar, quieres decir bailar, o *bailar*?

Mindy puso los ojos en blanco y exclamó:

—¡De acuerdo! ¡Hice un *striptease* para él! ¡Venga, dime lo que tengas que decir!

—¿Hiciste un *striptease* para él? —preguntó Jane, y en lugar de regañarle se puso a reír a carcajadas—. ¡Te desnudaste para él! ¡Tú! ¡La sensata, y feliz mujer que no necesitaba un hombre! ¡Es gracioso! ¡Quiero decir, es perfecto!

Mindy se quedó mirándola. No comprendía qué tenía de divertido.

—¿De qué te ríes?

—¡Lo gracioso es que al fin se te ha caído la coraza!

—¿De qué estás hablando?

—Te gusta ser Mandy... —Jane sonrió—. En realidad, creo que eres Mandy.

—¿Qué?

—Piénsalo, Mindy. Cada vez que hago una fiesta de Halloween vienes vestida de mujer fatal: Marilyn, Dolly o Madonna. No se te ocurre venir vestida de gorila o de Cenicienta...

Mindy tragó saliva nerviosamente.

—Pensaba disfrazarme de Cher este año, pero de la versión de los años setenta. No pensaba llevar ese traje con el trasero al descubierto que lleva en el vídeo nuevo...

—Mi teoría es que tienes un lado oculto, y que cuando te disfrazas de vampiresa, estás dejando fluir esa faceta tuya. Lo mismo ocurre cuando te transformas en Mandy. Al día siguiente puedes volver a ser Mindy, así que te resulta seguro representar el papel de mujer desinhibida, como si no tuviera repercusión alguna.

Irónicamente, Mindy había pensado lo mismo la pasada noche, pero no estaba dispuesta a admitirlo, ni a sí misma ni a Jane.

—El problema es que lo que hace Mandy sí tiene repercusiones.

—Pero no te enfrentas a ellas —respondió Jane.

—¡Oh, bueno, eso es otra cosa! Desde ahora vas a tener que especificar más.

La puerta de la agencia se abrió. Entró la madre de Mindy, vestida con un traje de pantalón verde que le iba muy bien con su cabello pelirrojo, herencia de su familia.

—¡Hola, Judy! —dijo Jane.

La madre de Mindy solía ir a menudo a la agencia.

—Hola, mamá.

—Buenos días, Min... —su madre se interrumpió y dijo—: ¡Tienes mala cara! ¿Te encuentras bien?

Mindy suspiró, sintiéndose como si hubiera hecho algo malo.

—Eso me ha preguntado también Jane. Pero estoy bien, de verdad.

—Mindy se ha acostado muy tarde, eso es todo —explicó Jane—. Ha tenido una cita.

Mindy miró enfadada a su ayudante.

Su madre pareció preocupada, la miró y dijo:

—Comprendo. Espero que... el joven sea agradable.

—Lo es —contestó Mindy, a la defensiva—. Seguramente te gustaría mucho.

Su madre sonrió.

—¿Quiere decir eso que voy a conocerlo?

—¡Uh...! Veremos... —dijo Mindy para salir del paso.

Al ver que Mindy no estaba segura, su madre la miró con el ceño fruncido y dijo:

—Sabes que siempre me ha preocupado que mi divorcio haya podido afectarte en tu idea del amor y el matrimonio...

—No es así, mamá —contestó Mindy muy rápidamente.

Y antes de que su madre pudiera preguntarle si ese muchacho era *el muchacho*, ella se apuró a preguntar:

—¿Qué te trae por aquí hoy, mamá?

—Iba a la peluquería, pero he pasado por aquí porque una de mis compañeras de bridge, Lois, tiene un hijo, Todd, que viene a la ciudad la semana que viene, y ha pensado que podíais formar una buena pareja. Estará en su casa y...

—No, gracias.

—Pero ni siquiera...

—Sé todo lo que tengo que saber. Con una Celestina en la familia tenemos bastante —terminó diciendo.

Benton estaba sentado delante de una mesa de una pastelería, frente a la agencia de Mindy. Tenía que ir a trabajar, pero también tenía que ver a Mindy. Y le parecía muy sospechoso que no hubiera ido por allí hasta un rato después de que él hubiera dejado a Mandy en su casa. Había ido directamente a la agencia después de dejar a Mandy, con la esperanza de encontrar allí a la pelirroja, y que el incidente del cabello pelirrojo fuera imaginación suya. Pero su ausencia, junto a la cara de asombro de su ayudante al verlo y su incapacidad para explicarle por qué no estaba Mindy allí, no le olía bien.

No le había dicho nada a Mandy sobre el cabello pelirrojo, porque no estaba seguro de qué decirle. En cuanto había visto el mechón, ella se había puesto debajo de él y el mechón rojo había desaparecido. Y no había podido buscarle más cabello pelirrojo, aunque había jugado mucho con su pelo, con la esperanza de descubrir algo, pero no habían aparecido más hebras rojas. Después de un rato había decidido que era una tontería y había intentado olvidarse del asunto y había decidido disfrutar de su compañía, y por supuesto, de hacerle el amor. Lo que había hecho varias veces con gran energía.

Pero se había despertado con dudas acerca de lo que había visto la noche anterior. Y quería saber con quién había hecho el amor toda la noche. Por ello estaba allí.

Recordó que Mandy le había dicho que Mindy se había teñido el cabello de pelirrojo, y se le ocurrió pensar que tal vez hubiera sido al revés, que Mandy se hubiera teñido y no quisiera admitirlo. Después de todo, había especificado muy bien sus exigencias cuando le había dado la lista a Mindy. Había pedido que su chica fuera rubia. Y tal vez por ello Mandy hubiera tenido miedo de decir que no era rubia natural. Recordó las cualidades que había pedido. Había sido poco flexible en sus exigencias... Pero ahora tenía otras cosas en qué pensar.

No estaba seguro por qué el encontrarse con unos cabellos rojos le había hecho pensar en que podía ser Mindy. Cualquiera hubiera dicho que estaba loco. Pero el parecido era increíble. Y ambas tenían el tic de pestañear. Ahora que lo pensaba, cuando Mandy estaba nerviosa, su voz era más parecida a la de Mindy...

Pero eran gemelas, así que no era de extrañar que fueran tan parecidas.

No obstante, tenía un presentimiento... Si Mandy tenía temor a ser descubierta... Ese podría haber sido el motivo por el que se hubiera marchado a hurtadillas la primera noche... Y para ser sincero... ¿No era cierto que había habido algo entre Mindy y él, una chispa que había saltado, antes de que ella le arreglase el encuentro con su hermana? No podía decir que aquello hubiera sido atracción, pero Mindy se había quedado en su mente. Hasta entonces no se había permitido pensar en ello porque no había dos personas más opuestas que ellos dos. Lo que podría explicar el hecho de que Mindy hubiera decidido disfrazarse de su hermana. O tal vez no hubiera querido salir abiertamente con él porque era su cliente y tenía la norma de no salir con clientes... Porque, si no funcionaba su relación, sus clientes dejarían de confiar en ella. Además, Mindy debía ser muy purista en su negocio, y pensaría que el salir con un cliente entorpecería todo el proceso. Se la estaba imaginando, sentada frente a su escritorio, con las manos entrelazadas encima de él, diciendo alguna tontería con esa voz que ponía para discutirle.

Tal vez su atracción por él había sido demasiado fuerte como para resistirla. Y quizás eso la hubiera hecho actuar de un modo poco normal en ella.

Cuanto más lo pensaba, más convencido estaba de ello. Eso explicaría el cambio de personalidad de Mandy. Y ahora que lo pensaba, se había estado sujetando el cabello todo el tiempo en el coche deportivo.

Se bebió la taza de café y atravesó Hyde Park Square en dirección a la agencia de la explosiva pelirroja.

Benton entró en la agencia con una sonrisa. Fijó sus ojos en la mujer en cuestión, preguntándose si era la misma con la que había estado hacía menos de una hora.

—Buenos días, Mindy.

Mindy se sorprendió.

—Benton... Quiero decir, señor Maxwell —Mindy trató de disimular su sorpresa—. Jane me dijo que había pasado por aquí. Siento no haber estado. ¿En qué puedo servirlo?

—Se trata de su hermana —respondió él, acercándose.

Mindy lo miró. Pestañeó nerviosamente.

—¿Otra mota de polvo en el ojo?

—Sí.

—Lo siento —Benton se puso a un lado del escritorio, al lado de la silla de Mindy, como para que tuviera que retorcer el cuello si quería mirarlo.

—¿Ha dicho que quería verme por algo relacionado con Mandy? —pestañeó dos veces después de la pregunta. Luego cerró los ojos fuertemente, como si quisiera borrar el tic.

Benton sacó de su bolsillo una tarjeta de saludo que había comprado al lado de la pastelería.

—Sigo loco por ella, y como muestra de agradecimiento le he comprado una... Bueno, ¡qué tonto! Le he comprado una tarjeta, pero me he olvidado de firmarla.

—¡Oh! Bueno, aquí tiene un...

Mindy le dio un bolígrafo común, pero entonces él sacó la pluma de oro que le había regalado la señorita Binks en su último cumpleaños.

—Ya tengo, gracias —dijo Benton.

Sonrió y firmó la tarjeta. Al mismo tiempo bajó la mirada, pensando que ella se movería al verlo tan cerca, y que eso le permitiría ver sus piernas. Pero, ¡maldita sea! No movió las piernas de debajo del escritorio, y no se las pudo ver.

Estaba desesperado por saber si Mindy era Mandy

o Mandy era Mindy, y por quién estaba loco. Así que mientras se erguía para guardar la pluma en el bolsillo de la chaqueta, hizo que se le cayera al suelo, debajo del escritorio de Mindy. Se agachó y la buscó.

—Perdone —se disculpó, mientras veía la pluma entre sus piernas.

Finalmente, Mindy echó la silla hacia atrás y se apartó. Luego le preguntó:

—¿Qué diablos está haciendo, señor Maxwell?

Benton recogió la pluma, se puso de rodillas y sonrió.

—Ya la he encontrado. Es una pluma especial. Tiene mi nombre grabado. ¿Lo ve?

La levantó y ella miró. Benton aprovechó la oportunidad para echar una mirada adonde supuestamente tenía una marca de nacimiento. Lamentablemente, sus rodillas estaban cerradas debajo de su falda, impidiendo ver. Pero hubo algo que llamó su atención.

La miró y le preguntó con inocencia:

—¿Qué le ha sucedido en las rodillas?

Mindy miró alarmada. Luego, lo miró mientras se tapaba los moratones.

—Me caí.

—Supongo que no será nada serio —respondió Benton; metió la pluma en el bolsillo sin quitarle la vista de encima.

Mindy agitó la cabeza.

—No. Excepto esto, no tengo nada.

—¡Qué coincidencia! Mandy se cayó también, anoche —Benton se quedó de rodillas mientras miraba las de Mindy. No estaba muy entrenado como detective.

—¿Sí? —se sobresaltó Mindy—. ¡No es posible! ¡Siempre nos pasa lo mismo! —puso los ojos en blanco—. Es cosa de gemelas... Habrá oído decir que las gemelas sentimos el dolor de nuestra hermana como si lo estuviéramos sufriendo directamente. Bueno, Mandy y yo, a veces, tenemos las mismas experiencias. Por ejemplo, yo me caigo, y ella se cae. ¡Es curioso!

—Realmente misterioso...

Benton no le creía una sola palabra. Pero tenía que comprobarlo al cien por cien. Era hora de hacer algo más para saber si sus sospechas eran correctas.

Entonces quitó una de las manos de Mindy de sus rodillas y suavemente tomó una rótula, moviéndola de un lado a otro, como si fuera un médico.

Supo, antes de ver la marca de nacimiento a un lado de su rodilla, que Mindy era Mandy, no solo por la historia del moratón, que era absolutamente increíble, sino porque en otras circunstancias Mindy le habría dado un bofetón por tocarla tan descaradamente.

—Benton... Uhh... Señor Maxwell, ¿qué está...? —exclamó Mindy, un poco confundida.

Benton la miró. Mindy tenía cara de pánico.

—Estoy viendo si tiene bien las rodillas. Mandy se dio un buen golpe, así que estoy seguro de que usted sufrió el mismo daño.

Mindy no contestó, pero Benton había conseguido lo que quería.

Había tenido razón. Mindy estaba fingiendo ser Mandy, mintiéndole, tomándole el pelo, haciendo que él se enamorase de ella bajo falsas apariencias.

Benton sintió rabia. No le gustaba que lo tomasen por tonto. ¡Hasta la hubiera amenazado con emprender una acción legal!

Pero el lado tierno de Benton empezó a pensar en los motivos que la habrían llevado a ello. Y cuanto más lo pensaba, más se convencía de que ella lo había hecho para estar con él.

Estaba enfadado por las mentiras, y se preguntaba hasta cuándo pensaría seguir con la farsa. Pero, le gustase o no, a pesar de la rabia, seguía loco por aquella mujer.

Tal vez se alegrase de descubrir que tenía a ambas hermanas: a la defensiva y esquiva Mindy, y a la descarada y aventurera Mandy.

Pero no podía tolerar que alguien le mintiese de tal modo sin darle una lección. Así que decidió seguir el juego, pero su propio juego. Al parecer, a Mindy le gustaba jugar, así que la haría sufrir un poco hasta que ella se decidiera a decirle la verdad.

Y tenía el presentimiento de que se lo iba a pasar muy bien.

—¿Puede guardarme un secreto? —le preguntó Benton.

—¿Qué? Sí, claro.

—¿Y usted, Jane? —se dirigió a Jane, que siempre estaba callada, observando la escena.

—¿Yo? —Jane se sorprendió de que la incluyera en la conversación—. ¡Oh, sí! Puede preguntárselo a cualquiera, soy una tumba...

—Estoy seguro —sonrió. Luego continuó—: No se lo digan a Mandy, pero la próxima vez que la vea, le pediré que se case conmigo.

Mindy tosió y echó la silla hacia atrás. A Jane se le cayó una bolsa de caramelos de las manos.

—¿N... N... No le parece que es un poco pronto? —balbuceó Mindy.

Benton sonrió. Aquello era más divertido que el paseo en el Lamborghini.

—No, en absoluto. Ese era mi objetivo, al fin y al cabo. Encontrar una esposa, ¿no lo recuerda?

—¡Oh! Bueno... Bueno, realmente no la conoce bien todavía.

—¡Oh! La sorprenderá, pero justamente anoche descubrí que tiene gustos un poco retorcidos.

Ambas mujeres exclamaron. Benton continuó:

—Pero, bueno, ¿quién soy yo para quejarme si a ella le gusta poner un poco de pimienta en la cama?

—Pienso que tal vez... —empezó a decir Mindy lentamente, poniéndose colorada—. Que quizás tuviera curiosidad por esas cosas, y no que le gustasen directamente. En realidad, creo que debería preguntarle y darle la oportunidad de explicárselo.

—No, no importa. Además, la próxima vez que nos veamos voy estar demasiado ocupado pidiéndole que se case conmigo como para hablar de ese tema.

—Pero, Benton, ¡no conoce a la verdadera Mandy! —exclamó Mindy, clavándole sus ojos verdes—. ¡Es una persona con la que no se puede vivir! ¡Deja el dentífrico destapado! No guarda nunca la ropa... ¡Y deja que se acumule una pila de platos en el fregadero hasta que hay gusanos! ¡Es muy desagradable, se lo advierto!

Benton se pasó la mano por el pelo, sin molestarse en disimular una sonrisa.

—Le pondré una criada. O mejor, le compraré un traje de criada... Ya sabe, uno de esos trajes sexys, con la falda corta y medias de red... Ahora que sé que le gusta experimentar, será perfecto. Gracias por ayudarme a pensar en ello, Mindy. Tengo que marcharme ahora. Debo invertir dinero, comprar imperios y esas cosas... Cuídese y... Tenga cuidado con esas rodillas.

Dicho aquello, Benton se marchó, contento de poder soltar al fin la risa que se había estado reprimiendo.

Mindy se sentó en el sofá de su casa vestida con un pantalón de chándal y una camiseta. Había pensado correr un rato antes de su cita con Benton, pero después de correr un par de metros se había dado cuenta de que le dolían mucho las rodillas. No solía correr a menudo, pero había pensado que podría aclararle la mente.

Pero, ¿realmente pensaba que algo podría aclarar su lío mental?

Miró el reloj. Debería estar arreglándose, poniéndose la peluca de Mandy y uno de sus atuendos. El hecho de que no lo estuviera haciendo solo podía significar una cosa: que no pensaba salir y que no permitiría que Benton le propusiera matrimonio.

Agitó la cabeza, recordando el horror de la visita de Benton a la agencia. ¡No podía creer que tuviera intención de pedirle la mano y que quisiera comprarle un disfraz de criada! ¡Y ni siquiera era para una fiesta de Halloween! Bueno, era para una fiesta privada, tal vez. A Mindy no se le había ocurrido semejante cosa... Pero tal vez no estuviera mal.

Pero, ¿en qué estaba pensando?, se reprochó.

¡Todo había ido tan rápido, se le había escapado tanto de su control, que ya no podía pensar en nada!

No podía volver atrás en el tiempo y borrar lo que había sucedido, pero podía frenarlo.

Sin pensarlo dos veces, llamó a la oficina de Benton. Cuando había llamado para invitarla a salir, le había dicho que estaría trabajando hasta tarde y que vendría directamente del trabajo a su casa.

—Benton Maxwell... —contestó él.

Mindy se apretó la nariz para poder fingir que se encontraba congestionada.

—Benton, soy Mandy.

—¿Mandy? ¿Te encuentras bien? Pareces...

—Enferma. Estoy enferma.

—¡Oh, no! Cariño, es horrible —Benton pareció preocupado primero, y luego, decepcionado—. ¿Quiere decir que llamas para postergar nuestra cita?

—Sí, lo siento.

—Yo, también, pero si estás enferma, es mejor que no salgas —suspiró Benton.

—Me apetecía verte, pero... —tosió—. Tienes razón, debería quedarme en casa.

—Bueno, espero que te cuides...

—¡Oh! No te preocupes, lo haré.

—Por cierto, ¿cómo están tus rodillas?

—Me duelen. Me duelen mucho —dejó de apretarse la nariz para hacer ruidos con ella.

—Bueno, cuídatelas también.

Cuando Benton le pidió que quedasen otro día, ella le dijo que prefería esperar un poco para ver cómo seguía.

Después de colgar el teléfono, Mindy pensó que Benton la odiaría de saber la verdad. Motivo por el cual no podía decírsela, puesto que no soportaría que él la odiase.

Venus se echó en el sofá, a su lado.

A pesar de todo, una parte de ella se lamentaba de no ver a Benton aquella noche. Estaba loca por él... Pero también estaba cansada de fingir ser quien no era. Cansada de saber que no habría nada real entre ellos, a pesar de que la relación fuera maravillosa.

De pronto se le ocurrió una idea para levantar su ánimo: decidió ponerse a trabajar para conseguir el disfraz de Cher. Era pronto para prepararlo, pero podía ser una distracción. Era la primera vez que se disfrazaría de morena.

«¡Veamos qué hay en el desván!», se dijo.

Dos horas más tarde se estaba mirando al espejo.

Llevaba un vestido largo, rojo, que su madre había comprado para una fiesta en los años ochenta. Ella le había recortado el escote como para que se le viera el nacimiento de los pechos, y le había ajustado la cintura. Tendría que coserlo, pero con una abertura al costado quedaría perfecto para su disfraz de Cher en los setenta.

Fue entonces cuando sonó el timbre.

Miró hacia la puerta.

—¿Quién puede ser? —le preguntó a Venus, que andaba maullando por allí.

Debía de ser su vecina, la señora Weatherby, quien siempre le pedía un huevo o una taza de azúcar, como si estuvieran en los años cincuenta y no hubiera ninguna tienda cerca. La mujer le había comentado que la había visto salir y entrar con una peluca rubia, y ella le había dicho que se equivocaba. Que era su hermana gemela, Mandy, a quien había confundido con ella.

—Nos confunden siempre —le había dicho a la mujer.

Corrió a la ventana. No era la silueta de la señora Weatherby, sino la de Benton Maxwell III. Y entonces pensó que la maraña de mentiras que había tejido terminaría por estrangularla.

Capítulo 8

—¿Y AHORA qué? —murmuró Mindy para sí. Tiró del vestido para quitárselo, mientras miraba la habitación. Estaba toda desordenada, llena de cajas abiertas por todos lados. ¿Dónde diablos estaban sus shorts y su camiseta?

Encontró la camiseta debajo del edredón de su cama y se la puso. El timbre volvió a sonar impacientemente. No encontraba los shorts. Eso no le gustaba. Tendría que salir sin ellos.

Metió la mano en el ropero y tiró de un albornoz. Luego corrió a abrir la puerta, pero se volvió al darse cuenta de que su habitación estaba hecha un caos. Cerró la puerta. Una enferma no podía tener así su habitación.

Volvió corriendo y se miró en el espejo de la entrada, antes de abrir la puerta. ¡Oh, no! ¡No tenía la peluca!

—¡Un momento! —gritó al oír el tercer timbre.

Volvió a su dormitorio y susurró: «¡Peluca! ¡Peluca!».
Había armado tal desorden que no veía la peluca.
—¡Venga! ¿Dónde estás? —habló sola.
Cuando empezaba a sentir un pánico que la ahogaba, divisó un rizo rubio debajo de una tela floreada brillante. Tiró de ella y se la colocó mientras corría nuevamente a la puerta de entrada. Se detuvo nuevamente frente al espejo del recibidor y disimuló bien unos mechones pelirrojos rebeldes que amenazaban con escaparse de la peluca.

Un momento antes de saludar a Benton, se recordó que estaba enferma. Hizo un esfuerzo por calmarse y respiró profundamente, antes de girar el pomo de la puerta.

—Benton... —pronunció, tosiendo un poco al final de su nombre.

—¿Por qué has tardado tanto? ¿Te encuentras bien?

—Tenía que... Tenía que... —miró hacia abajo—. Encontrar una bata. Porque no tengo puestos shorts, ¿ves? —se abrió el albornoz y mostró ropa interior de algodón.

Benton la miró.

—Pareces encontrarte mejor que cuando hablamos por teléfono —Benton entró, sin darle más opción que hacerse a un lado.

—Mi nariz... Hay medicinas estupendas...

Benton miró su salón.

—¿De verdad? ¿Dónde las tienes? Cuando estoy enfermo, ando con todas mis medicinas a cuestas...

Benton sonrió. Pero por dentro estaba algo molesto. Si Mandy estaba enferma, esperaba encontrar pañuelos de papel y medicinas por todas partes.

—Están... en el armario del cuarto de baño. Acabo de ordenar todo, justo antes de que vinieras tú.

—Deberías estar descansando... He venido por ese motivo: para cuidarte.

Mindy no sabía si ponerse contenta o sentir culpa.

—Eres el hombre más dulce del mundo... —dijo.

—Es fácil ser dulce contigo. ¿Qué es esto? —miró su cuello y agarró una lentejuela roja pegada a su piel.

—¡Oh! Parece una lentejuela...

—¿Has usado lentejuelas últimamente? —preguntó él, confundido.

Ella tragó saliva.

—En realidad, estaba limpiando el desván cuando empecé a sentirme mal. Tengo allí disfraces de Halloween y esas cosas. Se debe de haber despegado de algún traje.

Benton asintió. Y Mindy pensó que aquella había sido una de sus mentiras más sensatas. Cada vez mentía mejor, reflexionó. Lo que la molestó, puesto que ella no era una mentirosa, y no le gustaba ser una experta en ello.

Cambió de tema preguntando:

—¿Qué es eso? —miró la bolsa que Benton tenía en la mano.

Benton sonrió.

—He alquilado unas películas —puso un manojo de cintas encima de la mesa baja—. Te he traído helado. Y galletas para gatos para Venus; no quería que se sintiera excluida.

Era encantador, pensó Mindy.

—Eres muy atento con Venus, aun no gustándote los gatos...

—Quería demostrar a Venus que mis intenciones contigo son honorables.

—Y has traído mi helado favorito, ¿cómo lo has sabido?

—Lo he adivinado. En realidad, la primera vez que

vi a tu hermana, estaba comiendo... mejor dicho, tirando al suelo, un cono de menta y chocolate, así que, pensando en que compartiríais algunos gustos, me arriesgué a comprarlo.

—¡Oh! Has acertado... —Mindy recordó su primer encuentro y la impresión que había tenido de él. ¡Cuánto se había equivocado!—. ¿Qué películas has traído?

—Un poco de todo: *Cuando Harry encontró a Sally*, para reírnos, *E.T.* para consolarnos, *Titanic*, para ponernos románticos, y *Casablanca*, bueno, porque es *Casablanca* —concluyó con una sonrisa—. He pensado que con suerte acertaría al menos con una.

Benton observó a Mindy fingiendo ser Mandy. Lo miraba como si él fuera lo mejor del mundo, y eso casi le hizo olvidar su juego.

—Me gustan todas —dijo ella.

Pero no estaba enferma. Había querido evitar su proposición de matrimonio, así que aún tenía que darle una lección. Pero de momento prefería besarla...

Se sentó en el sofá, al lado de Mindy, y le dijo:

—Si hubiera tenido tiempo, hubiera ido a la tienda donde estuvimos el otro día, para traer otro tipo de películas —alzó las cejas.

—¡No lo dirás en serio...!

Benton sintió la tentación de reírse por la cara que había puesto Mindy.

—He pensado que tal vez te gustasen esas cosas... Y que por eso me habías llevado a ese sex-shop.

Mindy pestañeó.

—Lo que pasó fue que... Simplemente sentí curiosidad... Pero eso no quiere decir que quiera comprarme nada de eso.

—Como quieras —le guiñó un ojo y antes de darle tiempo a nada, se dirigió a la cocina—. Pondré el helado en el congelador antes de que se derrita —gritó—. Luego, tengo que preguntarte algo.

A pesar de lo que les había dicho a Mindy y a Jane en la agencia, él no estaba preparado todavía para casarse con Mindy. Antes tenían que aclarar muchas cosas. Pero quería fingir que se lo propondría, para tomarle el pelo.

Al volver de la cocina, se sentó a su lado. Le rodeó los hombros con su brazo y la atrajo hacia él. Mindy lo miró y le dijo:

—Podría contagiarte...

—Tengo un sistema inmunológico muy bueno —Benton sonrió—. ¿A que es una suerte? Y ahora, mi pregunta.

—¿S... Sí?

Él la dejó en suspenso para hacerla sufrir un poco. Luego dijo:

—¿Qué película quieres ver?

Mindy se soltó y buscó entre los videos.

—*Cuando Harry encontró a Sally*, por supuesto. Porque me gustaría reírme un poco.

Vieron *Cuando Harry encontró a Sally* y *Casablanca*, y dejaron las demás películas para otro día, puesto que eran más de las doce de la noche cuando Bogart le dijo a Ingrid que siempre tendrían París.

Benton se había reclinado en el sofá hacía tiempo, y Mindy se había acurrucado en su pecho, envuelta en su albornoz aún.

Benton nunca había disfrutado tanto viendo una película. Claro que por momentos tenía ganas de arrancarle la peluca a Mindy y de decirle que lo sabía todo, y que le daba igual, que la amaba de todos modos. Porque era así. Se había enamorado de Mindy McCrae, una mujer que era lo opuesto a todo lo que él había creído que deseaba, y no podía negarlo. Ahora comprendía por qué no había conocido a ninguna mujer a la que hubiera podido amar. Había buscado en los sitios equivocados. No era de extrañar que no lo atrajera la señorita Binks. Había tenido que suceder lo de Mindy para darse cuenta de lo que deseaba en una compañera. Y ahora sabía que solo lo encontraría en ella.

Por supuesto que quería aclarar las cosas con Mindy y construir una relación verdadera. Pero cada vez que miraba esa peluca rubia recordaba el enfado y era incapaz de actuar. No, ella tenía que confesar primero. Tenía que decir la verdad. Era la condición para que su relación pudiera seguir adelante.

—Ha sido estupendo —dijo Mindy—. Gracias por venir.

—Pareces encontrarte mejor ahora.

—Seguramente es porque tú estás aquí —dijo Mindy después de un suspiro—. ¿Puedo decirte algo?

—Lo que quieras —Benton tuvo esperanzas de que ella le confesara todo.

—A veces... Me da la impresión de que no tengo los atributos que le pediste a Mindy. A veces me siento como si... Bueno, como si al principio hubiera sido una especie de impostora contigo. Debo de parecerte muy distinta ahora de cuando me viste por primera vez y cenamos juntos... —Mindy seguía abrazada a él, con una pierna fuera del albornoz, entrelazada a una de Benton.

—Es posible... —susurró él, y se inclinó a darle un beso en la frente—. Me has ayudado a ver que la lista de requisitos no importaba tanto, en realidad.

Benton la observó, esperando que le dijera la verdad. «Dímelo. Dime que eres Mindy. Dime la verdad... Dime la verdad...», le rogó internamente.

Pero ella, en cambio, le dio un largo beso, y él casi se olvidó de que quería que ella le dijera la verdad. Solo sabía que la deseaba, que las deseaba a ambas.

No había ido allí con la intención de hacerle el amor, pero no pudo evitar meter las manos por debajo del albornoz y acariciarle los pechos por encima de su camiseta...

Veinte minutos más tarde, después de un breve pero íntimo encuentro, estaban echados en el sofá. El albornoz de Mindy estaba tirado en la alfombra, y las braguitas entre medio de dos cojines, pero ella seguía con la camiseta puesta. Benton también estaba sin ropa. Tenía a Mindy encima de él, jugando con un vello de su pecho. Se miraron a los ojos.

—Tengo que pedirte algo —dijo Benton con un tono amable.

—¿Q... Qué?

Benton estuvo a punto de preguntarle si quería casarse con él, pero se reprimió. De pronto vio una foto de Mindy con otras tres mujeres más jóvenes, sonriendo, reunidas alrededor de una tarta de cumpleaños.

—¿Quiénes son las de la foto?

—¡Oh! —Mindy pareció aliviada—. Soy yo, yo y... mimi hermana... cuando cumplió veinticinco años.

—¿Mimi hermana?

—Sí, mi hermana y unas amigas.

Benton estaba demasiado contento como para ponerse a torturarla. Todavía pensaba pedirle que se casara con él.

Pero no esa noche.

La señorita Binks asomó la cabeza por la puerta de la oficina de Benton. Parecía nerviosa. Tenía aquella expresión desde hacía un tiempo, por desgracia. Benton pensaba que un día terminaría por confesarle sus sentimientos hacia él. Siempre lograba desviarla cambiando de tema, pero parecía no darse cuenta.

No quería hacerle daño a su ayudante, pero no sabía cómo hacer para que viera lo que era obvio.

—Señor Maxwell, siento interrumpirlo, pero sé que tiene libre la agenda esta tarde, y necesito hablar con usted un momento.

Benton decidió terminar con aquello de una vez por todas.

—Adelante, señorita Binks. Siéntese.

Su ayudante se sentó en una de las sillas frente a su escritorio.

—Señor Maxwell. Tengo...

—Señorita Binks... —la interrumpió—. Hay algo que quiero comentarle —decidió decirle la verdad.

Sus palabras le harían daño, pero su ayudante tenía que saberlo.

—He conocido a alguien... A una mujer.

La señorita Binks exclamó muy suavemente. Benton fingió no haberla oído.

—La relación está convirtiéndose en algo serio, y me ha parecido que tenía que comentárselo —la miró para ver su reacción.

La señorita Binks estaba pálida.

—¿Por qué, señor Maxwell? —preguntó inocentemente.

—Porque es posible que afecte a mi agenda. Es posible que pase menos tiempo en la oficina y que delegue cierta responsabilidad en usted.

La señorita Binks asintió levemente y se puso de pie con rapidez.

—Gracias por decírmelo —respondió y empezó a

caminar hacia la puerta. Luego se detuvo y añadió—:
Supongo que eso explica que haya llegado tarde estos días.

Sus palabras sonaron casi a reproche, pero él lo dejó pasar.

—Sí —contestó, simplemente.

—Comprendo —la señorita Binks tragó saliva. Luego agregó—: Le deseo suerte en su nueva relación.

Y desapareció antes de que él pudiera responder.

Benton suspiró, aliviado y mortificado a la vez. Realmente, no quería hacerle daño...

Decidió llamar a Mandy, a su teléfono móvil.

—¿Sí?

—Hola —respondió Benton con voz sensual.

—Hola, Benton.

—¿Has pensado qué quieres hacer mañana?

Era viernes y él le había dicho que eligiera cualquier actividad que le apeteciera para el fin de semana. Mindy había empezado a demostrarle que había otros modos de divertirse además de cenar en elegantes restaurantes, y él había decidido ser menos rígido y abrirse a otras posibilidades. Además, eso le demostraría también que ya no importaba la lista de características que había exigido en una mujer al principio. Tal vez así Mindy se diera cuenta de que no hacía falta seguir fingiendo.

—He pensado que podríamos ir a ver a los Reds.

Un partido de béisbol. El padre de Benton lo había llevado a ver a los Reds unas cuantas veces de pequeño. No era algo que lo atrajese. Incluso cuando le daban entradas gratis las regalaba a sus empleados.

Al ver que Benton no contestaba inmediatamente, Mindy pareció preocupada.

—Sé que no solemos ir a estas cosas, pero... mi

hermana lo ha sugerido. Le gustan esas cosas y ha insistido en que podíamos divertirnos.

Benton sonrió ante aquella representación.

—Lo sugirió Mindy, ¿eh? Bueno, entonces iremos.

No era lo que más le gustaba, pero tal vez fuera divertido en aquellas circunstancias.

Había sido idea de Jane. Mindy y Jane habían pensado que la siguiente cita tendría que ser en un lugar ruidoso, donde no pudiera proponerle matrimonio.

Y sabía que Benton no le propondría matrimonio en un estadio. Él era un romántico, y no era su estilo. Seguramente, para Benton, una proposición de matrimonio debía exigir un lugar íntimo, con vinos y rosas. Por ello no se lo habría propuesto durante su fingida enfermedad.

Mindy había elegido las localidades. Estaban detrás del refugio de los Reds. Así que Benton tendría que tener cuidado, si no quería que le dieran un golpe con una pelota.

—Ten cuidado con las pelotas —le advirtió.

—¿Por qué?

—Porque te pueden dar en la cabeza y matarte, así que si ves que viene una, tienes que agacharte.

—Agacharme... De acuerdo.

Benton estaba fuera de su ambiente, evidentemente, aunque había comprado perritos calientes y cerveza a los vendedores ambulantes. Pero había algo claro: nada de lo que hiciera ella lo haría apartarse.

En una situación normal, Mindy se hubiera puesto un par de pantalones cortos, pero para ser coherente con su personaje de Mandy, se había puesto una falda corta y un top. Benton llevaba unos pantalones cortos color caqui y estaba tan apuesto como siempre.

Cuando empezó el juego, Mindy le explicó algunos puntos sobre el partido, pero siempre diciéndole que no sabía mucho acerca de él, solo lo que le había contado su hermana. No era que a Mandy no pudiera gustarle el béisbol, pero Mindy sentía que no encajaba bien con su personalidad.

Una parte suya deseaba poder quitarse la peluca y ser ella misma. Había dejado de poner la voz de Mandy todo el tiempo, excepto cuando hacía algunos comentarios, y cuando usaba algunas expresiones. Pero la verdad era que, aunque pareciera extraño, disfrutaba un poco con Mandy, como le había dicho Jane. Hasta entonces no había podido admitirlo.

Mandy era más femenina, el tipo de mujer con el que los hombres deseaban salir. No era de extrañar que Benton estuviera loco por ella. Y también era más libre y divertida que Mindy.

De hecho, de pronto se vio de pie, bailando una canción de rock que pusieron en el descanso entre dos turnos del partido. Normalmente ella no actuaba de ese modo. No le gustaba llamar la atención, y si se ponía a tararear una canción o a bailarla en el estadio, lo hacía confundiéndose entre la gente. Jamás se hubiera levantado y se hubiera puesto a bailar sola en el estadio. Y era mucho más divertido ser la chica que bailaba a ser la chica que se quedaba retraída.

—¿Podrías traerme otro perrito caliente?

—¿Sigues teniendo hambre? —preguntó él riendo.

En el siguiente turno, los Reds ganaron dos puntos, y Mindy se llenó de euforia. Realmente estaba feliz allí, disfrutando de un día de sol y del juego, con su perrito caliente en la mano.

De pronto, un avión pasó por allí, escribiendo algo en el cielo. Primero apareció una eme, luego una a.

Mindy casi se desmayó. Pensó que escribiría su nombre... Pero cuando vio que tras la a no aparecía una ene, se quedó tranquila.

Volvió a poner la atención en el juego. Los Reds ganaron otro tanto, y ella gritó, enfervorizada, junto con los otros fans de los Reds.

Pero entonces Benton le tocó el brazo y le señaló algo en el cielo. Ella miró hacia arriba y vio una frase: «Mandy, cásate conmigo». Se quedó muda. Salvo que hubiera otra mujer llamada Mandy con su novio allí, aquella debía ser una proposición de matrimonio para ella.

«¡Delante de treinta mil personas!», pensó.

¡Y ella que había pensado que Benton no sería capaz de proponerle matrimonio si no era en un lugar romántico! Era evidente que conocía bien a Benton, pensó con ironía.

No se atrevió a mirar a Benton, e intentó pensar qué podía contestarle.

En ese momento una mujer mayor que estaba a su lado le golpeó el brazo.

—¿No es esa usted, querida?

Mindy miró hacia la enorme pantalla que habían montado en lo alto del estadio. La frase «Mandy, cásate conmigo», aparecía iluminando la pantalla en colores amarillo y rojo. «¡Por Dios!», pensó.

Se sintió como una rata acorralada. Pero Benton parecía no darse cuenta. Tenía una cara de inocencia total, el pobre. ¡Qué dulce era!, pensó Mindy.

Mindy desvió los ojos de Benton y volvió a mirar hacia la pantalla. Al girar la cara distraídamente, se ensució la mejilla con el ketchup del perrito caliente que tenía en la mano. Fue entonces cuando en la gran pantalla apareció su cara manchada de ketchup en un tamaño mucho más grande de lo normal, para que la vieran todos. Luego, la imagen se amplió a la de Benton. Ella se quedó sin habla. Miró a Benton. Estaba sonriendo. Él le limpió la cara manchada.

Treinta mil personas esperaban que ella le diera una respuesta a Benton. De hecho, el público, entre murmullos, empezó a animarla, y entonces Mindy empezó a darse cuenta lentamente de que todo aquello era para ella, para ellos. Fue como si el juego se hubiera detenido un momento solo para que Mandy, o Mindy, pudiera dar la respuesta al hombre que tenía a su lado mientras los miraban todos.

Y la respuesta era simple. No podía humillar a Benton delante de toda esa gente.

No podía romperle el corazón delante de ellos.

Dejó el perrito caliente a un lado. Le rodeó el cuello y lo abrazó.

Y la multitud aplaudió enardecida.

Después de un rato de felicitaciones de la gente y de palmadas de extraños, Benton le dijo al oído, con tono sensual:

—Vámonos de aquí.

Era evidente que quería estar con ella a solas.

Mindy recordó que la noche en que habían bailado juntos le había dicho lo mismo. Y que ella se había ido a la cama con él. Él no tenía la culpa de nada de aquello. Era ella quien había ido muy lejos en su juego.

A pesar de sus esfuerzos, aquello no iba a terminar como ella quería. Benton no iba a ser quien decidiera que ya no quería salir con ella. Iba a tener que romperle el corazón y hacer que la odiase.

Y la cosa se complicaba más después de su reacción ante la proposición de matrimonio. Le había echado los brazos al cuello. Y aunque no le hubiera dicho directamente que sí, él lo habría interpretado como una respuesta afirmativa. El caso era que, si Benton hubiera sabido la verdad, también le habría contestado que sí. Pero un sí de verdad.

Pero eso ya no importaba. Nada parecía importar, a excepción de lo inevitable. Tendría que hacer lo que no había querido hacer en ningún momento: decirle la verdad.

—¿Dónde has aparcado? —le preguntó Benton.

Benton había pensado en ir a buscarla, pero Mindy lo había llamado diciéndole que tendrían que ir por separado y encontrarse en el estadio, porque un cliente la había llamado, desesperado, para que le diera un consejo de último momento. Mindy seguía siendo Mindy. Y los clientes eran lo primero. Bueno, todos menos Benton.

—He tenido suerte y he podido aparcar en la calle —comentó, señalando el lugar.

No lo miró mientras caminaban. No era el fin del mundo decirle la verdad. Pero algo de ella sí iba a morir cuando su identidad real saliera a la luz. Estaba en juego su dignidad, el respeto a sí misma...

De alguna manera ella había fantaseado con la idea de que las cosas se arreglasen mágicamente. Pero ahora sabía que no sería así.

—Siento mucho que hayamos venido por separado —dijo él.

Mindy siguió caminando.

—No me gusta la idea de dejarte aquí... —continuó él—. Te propongo una cosa. Vayamos con tu coche a celebrarlo a algún sitio. Y luego, más tarde, recogeré mi coche. ¿Qué te parece?

Benton le acarició la mano con el pulgar, de aquel modo que tanto le gustaba a ella. Sintió deseos de prolongar la mentira un poco más. Pero no. Era una locura. Aquello tenía que terminar. No había otra opción.

Cuando llegaron al coche de Mindy, se apoyó en él y le dijo:

—Benton, tengo que decirte algo.

Benton le tomó ambas manos.

—¿Sí? ¿Qué es, cariño?

¿La llamaba «cariño»? Pero, claro, él creía que estaba comprometido con ella. Que se iban a casar...

No pudo mirarlo a los ojos. Bajó la mirada y dijo:

—Benton, yo... Me temo que no puedo casarme contigo.

—¿Por qué? —preguntó él—. ¿Porque en realidad eres Mindy?

Capítulo 9

MINDY se quedó helada. Si no hubiera estado apoyada en su coche, se habría caído.
—¿Q.. Qué? ¿Qué has dicho?
Benton sonrió, satisfecho.
—Te he preguntado si no puedes casarte conmigo porque en realidad eres Mindy. Al fin y al cabo, el casarte conmigo por seguir el juego sería un poco exagerado. Firmar con un nombre falso en la libreta de matrimonio incluso sería ilegal. Y también sería difícil explicar la ausencia de tu hermana a nuestra boda. Pero, claro, podrías decirme que está enferma... Aunque, claro, en ese caso tú también estarías enferma, porque eres su gemela, ¿no?
Mindy no podía comprender lo que estaba sucediendo. Lo que más la turbaba era la gracia que parecía hacerle a Benton todo aquello.
Se sentía un poco mareada.
—Pero, ¿cómo? ¿Cómo...?

—La explicación de las heridas de la rodilla no coló. Y además vi la marca de nacimiento que tienes en la parte interna de la rodilla. Y en cuanto a tu misteriosa enfermedad, empezaste bien, pero después no pudiste sostener aquella historia. Pero lo más revelador fue el pelo.

—¿El pelo? —se tocó el cabello, casi instintivamente, como protegiéndolo. Tuvo miedo de que le quitase la peluca.

—Vi unos cabellos rojos saliendo de la peluca rubia. Los vi el día que hiciste el *striptease* para mí. Y la otra noche, cuando fingiste estar enferma, los volví a ver.

—Comprendo... Comprendo... —dijo ella, débilmente.

—Quiero hacerte una sola pregunta, Mindy —esta vez habló seriamente.

—¿Oh?

—¿Por qué lo hiciste? ¿Por qué fingiste ser quien no eras?

Esa era la pregunta que temía. Pero no le quedaba más remedio que decir la verdad. Aunque le costase, tenía que decirle la verdad. No podía seguir mintiendo. Tenía que sacarlo todo a la luz. Como antes, no era capaz de mirarlo. Ni siquiera cuando, como una autómata, se quitó la peluca rubia.

—Todo empezó cuando viniste a la agencia con tu lista de características. Pensé que eras muy rígido y que estabas fuera de la época que vivimos. Me pareció casi imposible encontrar alguien para ti, pero cuando me pagaste no pude negarme a hacerlo. Y cuando tus encuentros con Kathy y Anita fracasaron, no quise sacrificar a otra de mis clientas. Así que decidí ir yo misma a la tercera cita, con la certeza de que sería otro fracasado encuentro, y que ahí se terminaría todo. Yo habría cumplido con mi obligación de presentarte a tres mujeres, y no nos volveríamos a ver. Pero yo te gusté, e hiciera lo que hiciera no dejaba de gustarte. Yo quería decepcionarte, hacer que ya no te gustase más; pero no funcionó.

Benton se sintió un poco abatido. Hacía un momento, cuando le había hecho confesar la verdad, se había sentido eufórico, por desenmascararla, por aclararlo todo. Lo único que quedaba por hacer entonces era que Mindy admitiera la verdad, y que él le dijera que no le importaba. Que él la amaba fuese quien fuese. Ese había sido el plan.

Pero ahora sentía que hubiera preferido que ella lo hubiera rechazado en el estadio, delante de todo el público, frente a la pantalla gigante, antes de verse humillado de aquel modo.

No comprendía cómo había podido malinterpretarlo todo.

Ella no lo había deseado sinceramente. Había estado cumpliendo con una obligación. Había sido todo una farsa. Nada había sido sincero: ni Mindy ni Mandy. Todo había sido mentira: las conversaciones después de hacer el amor... Y hasta el mismo hecho de hacerlo.

Se sintió herido. Había sido un tonto.

—¡Oh! —exclamó. Casi no podía hablar—. Creí que simplemente habías querido estar conmigo y que no te atrevías a decírmelo. Creí... Creí que yo te había ayudado a sacar a la superficie otras facetas tuyas, que había sacado a la Mandy que hay en ti... Pero al parecer, lo he malinterpretado...

Dicho aquello, Benton se dio la vuelta y se marchó.

—¡Benton, espera!

Pero no esperó. Dobló la esquina, dejando a Mindy, o a Mandy, sola.

El sábado por la noche, Benton llamó a Phil y a Mike para ir a un pub cerca de su casa. Pensó que lo animaría salir, pero fue al revés. Lo deprimió más. Además de estar felizmente casado, Mike tenía dos hijos, y la mujer de Phil acababa de dar a luz una niña, hacía seis meses. Sus amigos eran felices en su vida familiar, y él, en cambio, jamás tendría una familia.

—Muchachos, tal vez deje mi casa y mi dinero a vuestros hijos... No creo que tenga hijos yo —dijo Benton, después de varias copas de alcohol—. Así que, será lo mejor...

Sus amigos lo miraron extrañados, pero Benton no se dio cuenta. Se dirigió a la barra y pidió otra copa.

—¡Eres muy generoso! —exclamó Mike, mirándolo, perplejo—. Pero, ¿no te parece que es un poco pronto para decir eso?

—O, si no, ¿no deberías dejarle algo a tus sobrinos?

—¿Qué más da? No seré más que el tío Benton, el solitario, excéntrico tío Benton... Un viejo que tendrá que ir de casa en casa durante las vacaciones, por lástima. Un viejo solo en su casa vacía, murmurando solo todo el día...

—Me parece que eso ya lo estás haciendo ahora —comentó Mike, golpeándole la espalda.

—¿Qué te ocurre? —preguntó Phil.

Benton pidió otro vodka y no respondió.

—Mujeres. No se puede confiar en ellas.

—¡Interesante! Cuéntanos más...

—Venga, ¿por que no nos cuentas? —agregó Mike.

Benton siguió hablando solo. No los escuchó.

—Son frustrantes... Primero son pelirrojas... Luego rubias... Luego vuelven a ser pelirrojas...

—¿Eh? —preguntó Mike, comprensiblemente confuso.

—Esto se está haciendo más confuso que interesante... —suspiró Phil.

—Y sus nombres... Cambian los nombres cuando no prestas atención... —continuó Benton.

Phil y Mike se miraron. Mike le hizo señas a Phil de que Benton estaba loco.

—¡Oh, chico! —Phil palmeó el hombro de Benton—. Me parece que no estás muy lúcido esta noche.

—¿Qué no estoy lúcido? Ella es la que está loca.

Mike miró nuevamente a Phil.

—Ha bebido demasiado, es evidente. Será mejor que lo llevemos a casa.

Phil llevó a Benton en su Mercedes, y Mike los siguió con su coche.

El domingo Benton durmió casi todo el día, y tuvo pesadillas con pelucas rubias y vestidos ceñidos de colores brillantes.

Sabía que en cuanto se sintiera en disposición de hacerlo iba a tener que llamar a sus amigos para explicarles que no era un alcohólico, y contarles lo ocurrido.

Pero no estaba acostumbrado a hablar de esas cosas. Y menos de un desamor.

Decididamente tendría que suspender la fiesta que planeaba hacer para su cumpleaños.

Phil lo había llamado la semana anterior y le había dicho que querían organizar una fiesta para su cumpleaños.

—Si conseguimos una tarta suficientemente grande para poner todas esas velitas... —le había dicho Phil.

Benton se había reído entonces, porque estaba contento. Le había mencionado la fiesta a Mindy, con la esperanza de que lo acompañase y de que conociera a sus amigos. Como Mindy o Mandy. Pero ahora no había nada que celebrar. Con treinta y cinco años, sin esposa ni hijos no había nada que celebrar.

Recordaba el momento en que había esperado que Mindy le dijera la verdad. Había estado tan seguro de que ella había querido estar con él... Jamás se le había pasado por la cabeza que podía haber otro motivo para su farsa.

Se sentía viejo...

Esa tarde se duchó y se obligó a ir al gimnasio, un lugar al que debía ir más de lo que iba. Pensó que le iría bien desquitarse y ahogar la frustración con trabajo físico. Pero fue en vano. No tenía la suficiente energía; el rechazo de Mindy aún lo tenía paralizado.

Mientras dejaba las pesas que era incapaz de levantar, pensó que lo peor de todo era que realmente se quería casar con Mindy, al margen de la lección que había querido darle. No se había dado cuenta de cuánto deseaba compartir su vida con ella hasta que Mindy le había rodeado el cuello con sus brazos delante de todos esos fans del béisbol. Con Mindy había encontrado más alegría y excitación de la que había esperado. En aquellos años había estado tan sumergido en sus negocios que se había olvidado de que había cosas más importantes en la vida. Él había decidido buscar una esposa porque necesitaba compañía, y alguien con quien tener hijos y con quien envejecer, pero el estar al lado de Mindy le había mostrado que podía tener mucho más que eso.

Pero no la iba a tener.

Al volver a casa encontró un mensaje de Mindy en el contestador.

—Benton, soy Mindy...

Por el tono de voz parecía confusa en cuanto a quién era. Eso casi lo divirtió. Pero no. Oír su voz era a la vez un bálsamo, pero también era como rascar una herida que acaba de empezar a curarse... «De acuerdo, no se ha empezado a curar», se dijo. Pero al menos había empezado a aceptar que Mindy estaba fuera de su vida, que los planes que había empezado a hacer para el futuro no tenían sentido, como todas las tonterías que ahora empezaba a recordar que les había dicho a sus amigos.

—Por favor, llámame. Tenemos que hablar. Siento mucho lo de ayer. ¿Me perdonas?

¿Perdonarla?

¿Por su farsa? Sí. ¿Por romperle el corazón? No.

Al día siguiente, cuando Benton llegó a la oficina, estaba enfadado consigo mismo. En primer lugar, llegaba tarde otra vez. Y en segundo, no le gustaba cómo estaba manejando todo aquello. Decidió que podía perdonarse por desperdiciar un fin de semana, pero tenía que terminar con aquel estado depresivo. Tenía una empresa que dirigir, gente que dependía de él, clientes, empleados. Su padre, que había levantado el Grupo Maxwell desde abajo, se la había confiado.

—Otra vez tarde —dijo Claudia, al verlo salir deprisa del ascensor.

—No volverá a suceder —le contestó Benton, como si ella fuera su superior, y sin esperar la respuesta se dirigió a la reunión.

Al abrir la puerta, lo miraron todos, incluso la señorita Binks.

—Al fin —le dijo Percy Callendar con una sonrisa—. Nuestro valiente líder.

—Tal vez hoy no esté tan valiente, Percy.

Un espeso silencio inundó la mesa directiva. Entonces Benton se dio cuenta de lo que había hecho: había revelado una parte impensable de su personalidad. Un Benton débil claramente los preocupaba y asustaba, casi tanto como a él.

—¿Qué le ocurre, Benton? Quiero decir, señor Maxwell —dijo la señorita Binks, pestañeando nerviosamente.

—Gripe o algo así —mintió.

—¿En esta época del año?

—A veces las cosas ocurren cuando menos te lo esperas —dijo Benton después de suspirar.

—Debería ir al médico —dijo la señorita Binks, preocupada.

—Pronto estaré bien, señorita Binks.

—Bueno, entonces, ¿podemos empezar? —preguntó Percy.

Su colega lo miró con un brillo pícaro en los ojos. Benton estaba seguro de que intuía algo de lo que pasaba entre la señorita Binks y él, porque los miró alternativamente. Malcolm, por su parte se dio la vuelta para mirar con adoración a la señorita Binks. Benton se preguntó si su empeño por acercarlos habría logrado algo.

—Empecemos por Malcolm y la señorita Binks. ¿Cómo van los informes de la cartera de clientes? —preguntó Benton.

Malcolm se dirigió a su jefe diciendo:

—Quiero agradecerle su confianza por darme esa responsabilidad, señor Maxwell.

«Por facilitarme el estar cerca de la señorita Binks», quería decir, pensó Benton.

—De nada. No tiene nada que agradecerme, Malcolm. Usted se lo ha ganado. Y creo que ha sido muy productivo.

Malcolm sonrió. Luego, Benton se dirigió a su ayudante:

—¿Señorita Binks? ¿Está de acuerdo?

Su ayudante dudó, luego bajó la mirada levemente y dijo:

—No es que tenga algo en contra de Malcolm... Es un excelente empleado y está al tanto de todo, pero me temo que no es productivo este nuevo arreglo. De hecho, me parece contraproductivo.

Sorprendido, Benton alzó las cejas.

—Cuando examinaba los informes usted, señor Maxwell, terminábamos la tarea eficientemente en un solo paso. Ahora, en cambio, me reúno con Malcolm, luego escribo un informe sobre el informe, se lo doy a usted, le recuerdo que lo lea y contesto a las preguntas que le surjan. Como ve, es una pérdida de tiempo.

Benton se sintió mal por Malcolm, tanto profesional como personalmente.

—Bueno, señorita Binks, tendré en cuenta su punto de vista. Ya hablaremos sobre ello —miró al resto de la gente—. Sigamos, Percy, ¿cómo van los ajustes de presupuesto?

Todos parecieron respirar aliviados cuando Percy leyó las cifras.

Benton se alegró de que alguien que no fuera él llevase la voz cantante. No estaba de humor para liderar a la tropa aquel día.

Mientras Percy seguía con el informe, Benton pensó que su ayudante no había cambiado su actitud hacia él, aun después de saber que tenía una relación con una mujer. La señorita Binks no quería saber nada con Malcolm. Y lamentablemente, ella tenía razón en cuanto al informe sobre la cartera de acciones. El proceso era más sencillo y eficiente antes.

Así que, ¿para qué se obstinaba en acercar a Malcolm y a la señorita Binks? ¿Acaso había empezado a creer en algo tan romántico y etéreo como el amor?

Maldita sea. Tenía que quitarse aquella depresión de encima. Olvidarse de todo.

Benton Maxwell III no se dejaba llevar por las emociones. Podía comprender que él era humano también. Pero dejarse gobernar completamente por las emociones no era su estilo.

Su vida había sido más fácil cuando no se había dejado llevar por sentimientos idealistas. Eso no había dado resultado ni en su vida ni en sus esfuerzos por unir a Malcolm y a la señorita Binks.

Tenía que aceptar las cosas como eran y convivir con ellas lo mejor posible.

Cuando terminó la reunión, Benton distribuyó diferentes tareas a los asistentes, habló con ellos con energía y decisión, y quedó claro que el viejo Benton había vuelto.

Entonces se acercó a Malcolm Wainscott y le dijo:

—Malcolm... La señorita Binks tiene razón: He aumentado su trabajo innecesariamente pidiéndole a usted que revisara los informes del estado de la cartera, así que cambiaremos el sistema. Pero venga a mi oficina esta tarde, a las tres, para que hablemos sobre otras formas de aumentar sus responsabilidades en la empresa.

Benton no vio la decepción en la mirada de Malcolm mientras se levantaba y salía de la habitación. Porque estaba mirando a la señorita Binks.

—Señorita Binks, ¿está libre para que almorcemos juntos hoy?

La mujer pareció muy sorprendida. No era de extrañar. No solían compartir comidas, excepto comidas de negocios con todo el grupo.

—¿Tenemos que hablar de algún asunto de negocios urgente?

—Urgente, sí es. Pero no se trata de negocios. Se trata de la relación de la que le hablé el otro día.

Benton pensó que tal vez, con el tiempo, pudiera apreciar a la señorita Binks, es decir a Candace, como la empezaría a llamar.

—¿Mmm?

—Hemos roto. Y he pensado que me vendría bien hablar con alguien para olvidarme de ella.

—¿Quieres helado? —preguntó Jane a Mindy—. Lo compraré yo, si quieres

Era la hora del almuerzo, y estaban sentadas en un banco de Hyde Park Square.

—Gracias, Jane, pero no me apetece.

—De chocolate con menta, tu helado favorito... ¡Mmm! ¡Delicioso!

Mindy agitó la cabeza.

—No podré volver a comer helado de chocolate con menta. Me recuerda demasiado a Benton.

—No te lo tomes a mal, Mindy, pero has comido muchos helados de chocolate con menta antes de conocer a Benton. ¿Por qué no lo comes y recuerdas esa época? Y mejor aún, ¿por qué no dejas que el helado te recuerde al primer día que Benton vino aquí y te desagradó tanto, cuando casi le tiraste el helado encima de los zapatos? Fue gracioso, ¿no?

Jane sonrió con entusiasmo, pero Mindy frunció el ceño.

—Jane, lo amo.

—Esa es una actitud negativa.
—¿Qué?
—Es mejor que vuelvas a la actitud que tenías antes, cuando no te interesaban los hombres. Cuando eras feliz con tus amigos, tu gato y tu agencia.

Mindy agitó la cabeza enfáticamente.

—No, tú tenías razón, Jane. Necesito un hombre. Es como decías tú. Lo necesito como compañía, para divertirme y para tener sexo. Y amor. Tal vez no me haya dado cuenta, no lo haya querido admitir, pero me he enamorado de Benton. Ha sido la época más feliz de mi vida.

—Cuando no te sentías culpable por mentirle...

—Bueno, sí. Cuando me olvidaba de que le estaba mintiendo... Todo era maravilloso.

—De acuerdo. Sé que ahora estás sufriendo mucho. Sé que es como si te hubieran arrancado un trozo de piel. Sé que crees que jamás volverás a ser feliz, pero lo serás. ¿Que cómo lo sé? Porque lo he vivido alguna vez y he pensado que jamás me recuperaría. Pero luego apareció Larry en mi vida, y mírame ahora, ¡soy feliz con mi vida! —concluyó con una sonrisa.

Mindy intentó sonreír, en respuesta a la amistad de Jane.

Pero era demasiado pronto para sentirse feliz nuevamente. Y tal vez siempre fuera pronto. Tal vez nunca dejase de sentir aquel dolor. El amor, al parecer, era algo muy poderoso, mucho más de lo que se había podido imaginar.

Ninguna emoción podía llevar hasta semejante cima de felicidad, ni hacerla sufrir tanto, pensó.

—Debería cerrar la agencia.
—Si quieres marcharte a casa, puedo quedarme yo hasta las cinco.

Mindy agitó la cabeza.

—No, lo que he querido decir es que debería cerrar la agencia definitivamente. No soy quien para manejar la vida amorosa de nadie. Debería actuar con responsabilidad y cerrarla definitivamente. Y dejar que la gente se conozca como lo ha hecho durante siglos, por casualidad.

Jane suspiró profundamente.

—Mindy, Mindy, Mindy. ¿Por qué pusiste esta agencia, en primer lugar?

—Bueno, supongo que no tiene mucho sentido, ¿no? Soy producto de padres divorciados, y hasta hace un par de semanas no creía que pudiese enamorarme. Pero no obstante, aunque haya tenido motivos para dudar del amor, he creído en él. Aunque no fuera para mí. Además, como sabes, he tenido siempre ese don de Celestina.

—Eso me recuerda que ha llamado Stacy Hennessey para agradecerte su cita del sábado. Fue un éxito. Al parecer, les fue muy bien, y se van a ver hoy nuevamente. ¡Estaba contentísima!

Mindy sonrió, contenta de saber que una de sus clientas había conocido a alguien que le gustaba gracias a ella. En cuanto había visto a Greg, había sabido que era el hombre adecuado para Stacy.

Se quedó pensando y se dio cuenta de que Jane tenía razón.

—De acuerdo, tienes razón. No cerraré la agencia. Pero me siento muy desgraciada por lo de Benton. Y no solo porque lo amo, sino porque hice algo horroroso al engañarlo, porque él puso su vida amorosa en mis manos. ¡Y hasta me pagó por ello! Al principio pensé que se merecía una lección, pero estaba muy equivocada, Jane.

—Bueno, tal vez te sientas mejor si le devuelves el dinero a Benton.

Mindy puso los ojos en blanco.

—¡Jane, no digas tonterías!

—Bueno, es una idea, nada más. Olvídalo.

Mindy suspiró profundamente, concediendo a Jane algo de razón.

—Le enviaré un cheque después del almuerzo, y le pondré una nota.

Una semana más tarde, Mindy seguía deprimida. Había pensado que tal vez después de recibir el cheque con su nota de disculpas, Benton la llamaría o haría algo. Pero no había sabido nada de él. Al parecer, había seguido con su vida.

Había alquilado *Casablanca* y estaba sentada en el sofá viendo la película, mientras comía el helado de chocolate y menta que quedaba de la noche en la que había estado Benton. Al final, su debilidad por el helado aquel había vencido.

No dejaba de pensar en Benton, y en todo lo que ya no viviría con él.

Cuando terminó la película, tiró el envoltorio del helado a la basura y miró a Venus. La gata parecía un poco esquiva con ella aquellos días. Tal vez presintiera su estado anímico, o estuviera harta de sus mimos.

Llevó a la gata a su habitación y la dejó encima de la cama. Miró la pila de ropa de disfraces que aún no había tenido ganas de colocar. Vio el vestido de Cher, y luego la peluca rubia. Aquel personaje de Mandy le había permitido vivir con más intensidad, le había permitido ser una mujer diferente, más provocativa, más libre.

El solo recuerdo parecía inyectarle energía, la primera sensación positiva que sentía desde hacía días.

Pero luego recordó toda la historia y volvió a sentirse deprimida.

No podía seguir así, se dijo. Hasta su gata la rehuía.

Había arruinado su vida permitiendo que Benton se enamorase de ella. Pero peor había sido hacer que él se alejara.

Mindy recogió la peluca y la estudió. Luego, se acercó al espejo y se miró. No se puso la peluca. Solo habló con su imagen y se preguntó: «¿Qué haría Mandy en mi lugar?».

Capítulo 10

¡JANE, estoy nerviosa!
—Toma, pruébate esto. Te quedará bien con esos vaqueros negros que te has comprado —Jane le mostró una camiseta azul cobalto.
—¡Oh, tienes razón!

Habían decidido encontrarse en la Torre Place Mall para que Mindy se olvidara de lo que iba a hacer aquella noche. El único problema era que cada vez que se ponía nerviosa, se compraba algo. Llevaban un montón de bolsas de tiendas, con ropa para las futuras citas con Benton. Y si no salía con él, las usaría sola. Era mejor que no ir bien vestida y encima estar sola, pensó Mindy. En un momento como aquel, tenía que ser positiva.

Porque su plan era muy arriesgado.

Benton había dicho hacía un par de semanas que su cumpleaños estaba próximo y que dos de sus amigos le iban a hacer una fiesta en O'Reilly's, un viejo pub. «El segundo sábado de junio», le había dicho.

Ese día era el segundo sábado de junio. Cuando había llamado a O'Reilly's para asegurarse de que la fiesta seguía en pie, el chico que había contestado le había dicho que la fiesta era a las ocho, pero que la verdadera diversión empezaría un poco más tarde.

Mindy había decidido ir a la fiesta de Benton aquella noche. Tenía intención de decirle que lo amaba y que quería casarse con él, también. Lo tenía decidido. Mandy lo habría hecho así.

Por ello estaba tan nerviosa. Y como iba a ir como Mindy, y no como su hermana gemela, y Benton no la había visto más que en la oficina con su auténtica personalidad, era muy importante la ropa que llevase puesta. Sería como una autoafirmación de quién era ella en realidad.

Salió del probador con los vaqueros negros y el top azul, con una mano en la cadera, y moviéndose como si desfilase en la pasarela.

Jane esperó a que Mindy se diera la vuelta para decirle algo.

—Te queda bien. Muy bien. De hecho, es el atuendo perfecto para esta noche.

—¿De verdad?

—Te da un aire de seguridad, pero no es demasiado descarado. Tiene estilo pero no es demasiado formal. Y lo más importante: se ve que no es algo elaborado. Parece sacado del armario simplemente.

—De acuerdo. Me lo llevo.

En el momento en que Mindy iba a meterse nuevamente en el probador, Jane encontró un estante lleno de bikinis en oferta.

Mindy vio a Jane con uno marrón y dorado.

—No me hace falta un nuevo bikini. Tengo el bañador negro que me compré el año pasado.

Jane, al parecer, era especialista en encontrar cosas para que gastase dinero.

—¡Un bañador! —exclamó Jane burlonamente—. Necesitas algo más divertido, como esto —se rio Jane, haciendo bailar al bikini en su percha.

—No me hace falta. Y demás, ¿dónde diablos me pondría algo así?

—Bueno, si las cosas no van bien con Benton, puedes hacer un viaje. A la playa, donde hay socorristas de cuerpos monumentales... Puedes fingir que te ahogas...

—Jane, ya me he cansado de fingir. Y además, ¿qué quieres decir? ¿Que no irán bien las cosas hoy? ¿Crees que no debería ir?

Jane agitó la cabeza.

—No estoy diciendo eso. No tienes nada que perder.

—Gracias por recordármelo.

—No he querido decir eso. Pero si yo tuviera tu cuerpo, me lo compraría, por el módico precio de diecinueve con noventa y cinco. Es una oportunidad que no dejaría escapar.

—De acuerdo —dijo Mindy, agarrando el bikini de manos de Jane.

Tal vez no le fuera bien, y tuviera que consolarse con cosas nuevas, mientras llorase abrazada a su gata. Pero no debía desanimarse. Tenía que sentirse segura para que aquello saliera bien. Tenía que ser Mandy... sin serlo.

Se miró al espejo y vio que Jane tenía razón, ¡le quedaba bien aquel bikini! Así que agregó la prenda a la pila de ropa con la idea de que a Benton le gustase también.

No era el traje de criada que él le había sugerido

una vez, pero era una prenda muy del estilo de Mandy, y eso la animó.

Mindy llegó al bar más tarde de lo que había planeado, pero por suerte la fiesta no había comenzado aún, y todavía tenía tiempo de prepararse. Quería encontrar sitio para aparcar tranquilamente, y poder ponerse la ropa nueva en el aseo.

Habían terminado de hacer las compras más tarde de lo previsto. Y cuando se habían dispuesto a irse, Jane se había dado cuenta de que se había dejado las llaves del coche dentro de él. Habían tenido que esperar a que fuese Larry con otro juego de llaves, y para entonces, Mindy no había tenido tiempo suficiente para ir a casa a arreglarse. Pero no importaba; desde la compra del bikini, Mindy se había sentido más tranquila y segura de su plan. Vestirse en el bar no sería problema.

Mientras aparcaba, tuvo una visión de lo que la esperaría aquella noche. Benton entraría, la vería, y no existiría nadie más que ellos dos. Se abrazarían y Mindy le confesaría su amor a un Benton agradecido y cariñoso.

Sabía que la realidad iba a ser que Benton entraría en un bar lleno de gente, que le cantaría el «¡Feliz cumpleaños!» cuando lo viera y que Benton no se daría cuenta de su presencia hasta después de un rato. Pero la visión más romántica le daba el ánimo necesario para entrar en el bar, con bolsas de tiendas y todo.

La vieja taberna, con su madera oscura y su decoración de bronce estaba casi vacía. Había dos hombres mayores en la barra, bebiendo cerveza y comiendo cacahuetes, mientras discutían con el camarero sobre fútbol. Había otros dos chicos más jóvenes con una pancarta que ponía: «¡Feliz cumpleaños, viejo!».

«¡Viejo!», exclamó ella internamente. No sabían nada de Benton. ¡Si hubieran sabido que podía hacerlo tres veces seguidas en una noche!

—Parece que no me he equivocado de sitio —dijo ella, hablando sola en voz alta.

Pero el joven más alto, de cabello rubio, alzó la mirada.

—¡Oh, ya estás aquí!
—La tarta está en la parte de atrás —dijo el chico de cabello oscuro, que llevaba una camisa hawaiana. Le indicó una puerta por detrás de él.

Mindy pestañeó. ¿La estaban esperando? Además, aunque fuera natural que hubiera una tarta de cumpleaños, ¿por qué le decían a ella dónde estaba?

—Mmm... De acuerdo.
—Soy Phil, por cierto —dijo el muchacho rubio—. Y este es Mike.

Mike asintió, ella le respondió del mismo modo.

—Me llamo Mindy. ¿Está al fondo... el aseo de señoras también? —señaló la entrada detrás de Mike.

Phil asintió otra vez.

—Fantástico. Tengo... que cambiarme.

Ambos hombres sonrieron como si les hubiera contado un chiste verde. Y Mindy desapareció.

¿Les habría hablado de ella Benton? Pero, de ser así, ¿cómo la habrían reconocido?

Bueno, no importaba. Tal vez hubieran bebido un par de cervezas ya.

Mindy se cambió, se pasó la mano por el pelo y se retocó el maquillaje. Luego salió del aseo.

Se sentó en una banqueta y pidió una copa. Entonces, Phil le tocó el hombro.

—¿Vas a ponerte esa ropa?

Mindy se miró. Sinceramente, ella pensaba que estaba bien. Además, no era asunto suyo cómo se vestía.

—Sí, voy a ponerme esto. ¿Por qué?

—Bueno, no hemos pagado doscientos cincuenta dólares para verte salir de una tarta con un par de vaqueros. Siento ser tan directo, pero tendrás que quitarte algo más.

—¿Salir de una tarta?

Entonces comprendió. Habían contratado a una mujer para que hiciera *striptease* y la habían confundido con ella.

Por un momento, casi estalla en risas, pero luego se le ocurrió una idea.

¿Y si era ella la que hacía el *striptease*? ¿Qué pasaría si sacaba a escena a Mandy una última vez para demostrarle su amor? Era una locura, sí. Pero todo había sido loco en su relación.

—¡Oh! Bueno, sí, claro. Llevaré menos ropa cuando salga de la tarta —agitó la cabeza como si se hubiera sentido confusa un instante—. Lo que pasa es que no sabía que usaríamos una tarta esta noche. Y quería tomar una copa antes de cambiarme.

Los dos hombres parecieron confusos también.

—¿O sea, que te has cambiado solamente para beber algo antes de volver a cambiarte? —se sorprendió Mike, el de la camisa hawaiana.

Mindy pestañeó.

—Es... un ritual —asintió ella—. Me cambio de ropa varias veces antes de desnudarme, para ir poniéndome en situación.

Ambos se encogieron de hombros, y Mindy respiró, aliviada. Los hombres eran seres simples cuando se trataba de mujeres que querían desnudarse, pensó.

—Así que por supuesto que me quitaré más ropa. Tengo... un bikini. Un bikini es suficiente, ¿no?

Los hombres se miraron.

—Yo esperaba que fuese lencería, más bien... —dijo Mike.

—Pero, bueno, está bien. Un bikini está bien —comentó Phil.

—Una pregunta —Mindy frunció el ceño—. ¿Cuánta gente habrá aquí? Veréis, soy nueva en el trabajo, y aún me pongo un poco nerviosa.

Phil sonrió sinceramente y dijo:

—No te preocupes. No seremos muchos. Unos cuantos chicos.

Mike también sonrió. Mindy les devolvió la sonrisa. Parecían simpáticos, pensó.

—De acuerdo —contestó ella.

Entonces se abrió la puerta del bar y una voluptuosa morena entró con un hombre enorme y con aspecto peligroso. Parecía un guardaespaldas detrás de ella. La mujer llevaba una chaqueta militar.

Mindy miró a Phil y a Mike.

—¿Me disculpáis un momento? Han llegado un par de personas que trabajan conmigo, y quiero saber por qué han venido.

—Claro. Tómate tu tiempo. La fiesta no empezará hasta dentro de un rato.

Mindy se sintió un poco mareada por aquella situación. Se dirigió a la mujer y le dijo:

—Supongo que eres la chica que ha venido a hacer el *striptease*.

La mujer asintió.

—¿Dónde puedo cambiarme? —preguntó.

—Ha habido un cambio de planes. Ha habido una confusión, al parecer. Los muchachos han contratado a otra chica también, y solo necesitan a una. Pero si me dices cuánto te deben, te extenderé un cheque, y no habrá problema.

La morena miró a su acompañante, sorprendida, luego se dirigió a Mindy.

—¿Pagarme sin hacer nada? Estupendo.

Mindy les pagó y se marcharon.

Entonces, Mindy se dio cuenta de que ya no se podría echar atrás y se puso un poco nerviosa. Era el momento de tranquilizarse con palabras de Mandy.

Había ido allí para reconciliarse con Benton, ¿no? Entonces, ¿qué mejor manera de hacerlo que sentarse en su regazo y cantarle «Feliz cumpleaños»? Seguramente a él le parecería muy sexy. Ella ya había cantado una vez en público, en la fiesta de Jane... ¡Era una pena que no tuviera el vestido de Marilyn!, pero lo cierto era que aunque el vestido fuera sugestivo, no era lo suficientemente atrevido como para salir de una tarta con él. Así que comprendió que el destino había puesto aquel bikini en sus manos por alguna razón. Y una vez que Benton y ella se reconciliasen, nadie se daría cuenta de que no se quitaba más ropa...

Cuando Mindy volvió a su banqueta, Phil y Mike seguían allí.

—¿Algún problema?

Al parecer, habían observado la conversación con los *strippers*.

—No. Solo una confusión. Se equivocaron de sitio. Pero les he dado la dirección correcta y ya está arreglado.

—Entonces, el bikini... ¿cómo es? —preguntó Phil.

—Es un bikini dorado de piel de serpiente.

Mike sonrió.

Phil también.

—Bueno, es hora de que desaparezcas, por si nuestro invitado de honor llega antes de tiempo.

La acompañaron a una oficina donde había una enorme tarta con una cobertura de plástico.

—Te sobra tiempo para prepararte —dijo Mike.

—Eso es bueno. Puedo... practicar los movimientos que haré.

—Tienes un espejo detrás de la puerta —le señaló Phil—. Vendremos a ayudarte a meterte en la tarta cuando sea el momento.

Cuando se quedó sola, se giró hacia la tarta. Todavía no podía creer que se hubiera metido en aquello.

Intentó convencerse de que lo que iba a hacer no era exactamente un *striptease* delante de un puñado de hombres sino más bien un anticuado acto burlesco. ¿No?

Todo por demostrarle que lo amaba.

Realmente Benton sacaba la Mandy que había en ella, como había dicho él antes de marcharse la última vez. Y esperaba que su decisión de salir de dentro de la tarta lo convenciera de cuánto la había cambiado él.

Al final, todo saldría bien. Y algún día podrían contárselo a sus nietos. Bueno, cuando sus nietos tuvieran veintiún años.

Benton miró el bar, decorado con globos, y el cartel en el que le recordaban que se estaba haciendo viejo. Sabía que Mike y Phil se lo decían en broma, pero su cumpleaños le hacía recordar sus recientes fracasos y frustraciones.

Debería haber suspendido la fiesta. Pero Phil y Mike siempre se estaban quejando del poco tiempo que compartían e insistían en que aquella era una gran oportunidad para hacerlo. A Benton le daba la impresión de que estaban preocupados por él desde la noche de la borrachera. No había querido contarles la historia de Mindy, y se habría sentido mal si hubiera suspendido una fiesta que tanto deseaban sus amigos.

Benton había decidido no dejarse llevar por las emociones.

Vio una pila de regalos. Había advertido a Mike y a Phil que no quería regalos. A juzgar por la pancarta en la que le llamaban viejo, no serían más que calzoncillos de viejo y cajas de Viagra. Y un regalo de la señorita Binks, por supuesto, algo de oro con su nombre grabado.

—¡Eh, chico! ¿Qué tal te va la vida? —Mike rodeó los hombros de Benton con su brazo.

Debía de estar preocupado por él aún, o debía de estar borracho, pensó Benton.

—¡Qué camisa más moderna! —le señaló Benton, refiriéndose a la camisa hawaiana.

Mike no solía usar prendas de ese estilo.

—Carrie la compró en unas rebajas. Le gusta cómo me queda, y le pareció que le iba bien a la noche festiva de hoy.

Benton sabía bien que una mujer podía alterar las costumbres de un hombre...

—Voy a beber un vaso de vino —dijo Benton. No quería pensar en mujeres.

—No hay vino esta noche. No sirven vino aquí. Hay cerveza o bebidas fuertes. Pero, ¡eh!, después de lo que sucedió la última vez, te aconsejo que te limites a la cerveza.

Benton habló con otros amigos, acodados en la barra. Alguien le puso una cerveza en las manos, y él tomó un sorbo.

Le palmearon el hombro, y al darse la vuelta descubrió a Phil. Este lo abrazó. Evidentemente, la vida de familia estaba afectando a Phil, y estaba empezando a ser más afectivo, pensó Benton. Él se había librado de todo eso, y tenía la intención de no volver a caer en aquello.

—¿Estamos todos? Si es así, empezaremos con el entretenimiento.

—¿Hay *entretenimiento*? —preguntó Benton con cara de curiosidad. Tenía la sospecha de que se trataba de un entretenimiento de sexo femenino.

Benton vio a algunos compañeros de la universidad y a otros amigos. Pero no veía...

—Los muchachos de mi empresa a los que invitasteis no han llegado aún. Y... yo he invitado a alguien que no ha llegado todavía. Así que será mejor que esperemos un poco.

Malcolm y Percy tendrían algo gracioso que comentar el lunes por la mañana, pensó Benton.

En realidad, a él no le hacía demasiada ilusión que una profesional del erotismo le dedicase algún numerito, sobre todo delante de sus empleados, algo que seguramente sucedería puesto que él era el chico del cumpleaños. Pero todo le daba igual. Ya tenía bastante con controlar sus emociones como para preocuparse de más.

Cuando Mike y Phil volvieron a la oficina, Mindy estaba agachada dentro de la tarta, con su bikini y sus tacones. Había estado practicando su aparición. Y había tratado de convencerse de que sería capaz de hacer aquello.

—¿Estás preparada? —preguntó Mike.
—Preparada.

Phil le guiñó un ojo para animarla, luego cerró la abertura de la tarta.

Mientras llevaban la tarta con ruedas, Mindy se dio cuenta realmente de que iba a salir con un diminuto bikini delante de un montón de hombres desconocidos.

Había cometido un gran error.

Presa del pánico, sacó la cabeza.

—Todavía, no —dijo Mike, empujándole la cabeza y encerrándola nuevamente dentro de la tarta.

Luego fue demasiado tarde.

—¡Caballeros, un pequeño regalo para el cumpleaños de Benton! —anunció Mike.

Mindy se dio cuenta de que habían atravesado la puerta y de que la estaban llevando hacia la barra. Oyó unos cuantos silbidos masculinos. No tenía escapatoria.

Empezaron a sonar las notas de una música sensual. La tarta no tenía una salida secreta como para que pudiera escapar, así que reunió coraje y trató de convencerse a sí misma de lo que iba a hacer.

—¡Uh! ¿Chica de la tarta? —llamó Phil al ver que ella no aparecía. Rascó suavemente en la abertura—. Estamos listos.

«Hazlo. Hazlo. Por Benton. ¡A él le encantará! ¡Te amará!», se dijo Mindy para animarse.

Respiró profundamente, y reuniendo todo el valor del que era capaz, irrumpió por la abertura de la tarta.

Benton estaba delante de ella, entre otros diez o quince hombres.

—¡Sorpresa! —gritó Mindy—. ¡Me casaré contigo!

Fue entonces cuando se dio cuenta de que Benton llevaba una sofisticada y menuda rubia del brazo.

Capítulo 11

«OH, Dios mío!», pensó Mindy.
¡Benton salía con una mujer! Y era una mujer que reunía todos los requisitos que había puesto en la lista. Y peor aún. Era todo lo que ella no era.

Mindy y la mujer dijeron al mismo tiempo:

—¿Quién es esa mujer?

Alguien quitó la música, y se hizo un incómodo silencio en la escena.

Benton se quedó sin habla. Lentamente, carraspeó y dijo:

—Esta es Candace Binks, mi socia y acompañante esta noche. Y esta es Mindy... ¿O es Mandy? —la miró de un modo que, aunque pareciera increíble, fue lo primero que la hizo ruborizarse aquella noche.

Mindy comprendió entonces que había hecho algo más terrible de lo que había imaginado.

Tenía que salir de allí rápidamente. No tenía por qué aguantar más.

Salió con torpeza de la tarta, consciente de las miradas concentradas en ella, y bajó inestablemente al suelo, y casi perdió los zapatos.

Cuando recuperó el equilibrio corrió en dirección a la barra y desapareció por la puerta del fondo, rogando que Benton no hubiese visto sus lágrimas.

—¡Mindy! —Benton se puso de pie y vio que la puerta se cerraba.

—¿Benton? —la señorita Binks, realmente Benton no podía llamarla Candace aunque se esforzase, preguntó—: ¿Era esa... era esa...?

¡Pobre señorita Binks! Benton supo que había cometido un error intentando salir con ella. A pesar de sus esfuerzos todo lo que habían hecho juntos había resultado artificial, torpe, y lo más triste era que ella no parecía darse cuenta. Había cometido un error tratando de tener una relación con alguien con quien no conectaba, y peor aún, llevándola a aquella fiesta.

¿O sea que el *entretenimiento* era Mindy? No podía creerlo todavía.

Se giró hacia su ayudante y le explicó:

—Sí, señorita Binks, esa es la mujer con la que he estado saliendo.

—¿Y es una *stripper*? —preguntó la señorita Binks, horrorizada.

Benton no tenía tiempo de explicarle. Y además, no sabía cómo Mindy había ido a parar allí.

—Evidentemente. Pero lo peor de todo es... que soy una persona repugnante. La he usado y la he llevado a pensar que podía haber algo más entre nosotros, cuando en realidad yo sabía que aún sentía algo por ella. Lo siento, pero tengo que ir tras ella.

Entonces Benton se dirigió al joven Malcolm Wainscott, quien miró a la señorita Binks.

Como si Malcolm hubiera leído su pensamiento, se acercó a ella. Algún día lograría unirlos, pensó Benton.

Dejó el asunto en manos de Malcolm, y corrió hacia la puerta por la que había desaparecido Mindy.

—Y ya veréis, vosotros dos, cuando regrese... —empezó a advertir Benton a Phil y Mike al pasar por su lado.

—¡Eh! ¡Nosotros no sabíamos que conocías a la chica del *striptease*, Casanova! —se excusó Phil.

—No es una profesional del stripper. O al menos no lo era hasta esta noche —agregó Benton.

Benton buscó a Mindy por todo el local pero no la encontró. Salió de O'Reilly's y recorrió las inmediaciones del lugar. No había ni rastro de ella. ¡Maldita sea! ¡Había tardado demasiado! Luego, pensó que sería fácil encontrarla.

Se acercó a una pareja bien vestida y les preguntó:

—¿Han visto a una chica en bikini y zapatos de tacón?

El hombre señaló por detrás de su hombro.

—Giró hacia la izquierda, hacia Vine Street. Pero será mejor que se dé prisa, porque iba muy deprisa.

Mindy no sabía hacia dónde corría ni por qué. Se había dejado el bolso y las llaves del coche en el bar. Pero prefería andar en bikini por la calle que volver allí.

Los coches tocaban el claxon, y le silbaban. Parecía una *stripper* huyendo. Estaba asustada y sola y no veía la hora de que acabase aquella noche de pesadilla. Quería olvidarse de Mandy y de Benton, porque sabía aceleradamente. Si no se equivocaba, sus sueños se harían realidad. Pero ahora tenía que estar segura de que no hubiera más secretos entre ellos.

—De acuerdo —respondió Mindy. Puso sus manos en el pecho de Benton—. Pero solo un par de cosas más, antes de decir «sí».

—Dilas —se rio él.

—Tienes que comprender que yo no soy normalmente como era Mandy, pero tú tenías razón. Tú sacas la mujer atrevida que hay en mí, así que, bueno... Lo que intento decirte es que soy una mezcla. Soy lo que has visto en Mindy, y para sorpresa mía, también soy lo que has visto en Mandy.

Benton le acarició la mejilla.

—Lo comprendo perfectamente. Y os amo a las dos por igual.

¡La amaba! ¡La amaba!, pensó Mindy. Su corazón se llenó de alegría.

—Y además te tienes que disfrazar de Sonny Bono en Halloween.

—¿Qué? —Benton se sorprendió.

—Verás, yo siempre voy a la fiesta de Halloween que organiza Jane, disfrazada de mujeres como Madonna o Marilyn Monroe, y este año voy a ir disfrazada de Cher. Así que... ¡será el modo perfecto de iniciarte en mi mundo!

—¿No crees que soy un poco alto para ser Sonny?

Ella sonrió y lo miró a los ojos.

—¿No lo pillas? ¡Eso es lo bueno!

—De acuerdo, Mindy, por ti, seré Sonny. Y ahora, de una vez por todas, ¿quieres casarte conmigo?

Mindy le echó los brazos al cuello y le dijo al oído:

—¡Sí, sí, sí!

Benton la miró a los ojos y le dijo:

—Mi futura esposa no solo es divertida. Además dirige una lucrativa agencia con un éxito del... ¿Cuánto? ¿Noventa y seis por ciento?

Mindy se rio.

—Esto lo prueba —asintió Mindy—. Realmente, puedo conseguirle pareja a cualquiera.

—¿Era un caso tan imposible yo?

—Sí. Pero en realidad estaba hablando de mí.

Deseo®...
Donde Vive la Pasión

¡Los títulos de Harlequin Deseo® te harán vibrar!

¡Pídelos ya! Y recibe un descuento especial por la orden de dos o más títulos

HD#35327	UN PEQUEÑO SECRETO	$3.50 ☐
HD#35329	CUESTIÓN DE SUERTE	$3.50 ☐
HD#35331	AMAR A ESCONDIDAS	$3.50 ☐
HD#35334	CUATRO HOMBRES Y UNA DAMA	$3.50 ☐
HD#35336	UN PLAN PERFECTO	$3.50 ☐

(cantidades disponibles limitadas en algunos títulos)
CANTIDAD TOTAL $ _____
DESCUENTO: 10% PARA 2 Ó MÁS TÍTULOS $ _____
GASTOS DE CORREOS Y MANIPULACIÓN $ _____
(1$ por 1 libro, 50 centavos por cada libro adicional)
IMPUESTOS* $ _____

TOTAL A PAGAR $ _____
(Cheque o money order—rogamos no enviar dinero en efectivo)

Para hacer el pedido, rellene y envíe este impreso con su nombre, dirección y zip code junto con un cheque o money order por el importe total arriba mencionado, a nombre de Harlequin Deseo, 3010 Walden Avenue, P.O. Box 9077, Buffalo, NY 14269-9047.

Nombre: _____

Dirección: _____ Ciudad: _____

Estado: _____ Zip Code: _____

Nº de cuenta (si fuera necesario):_____

*Los residentes en Nueva York deben añadir los impuestos locales.

Harlequin Deseo®

CBDES3

BIANCA

Se enamoró de un desconocido

En cuanto conoció a Gio Cardella, Terrie Hayden supo que entre ellos había algo especial. Algo por lo que valía la pena arriesgarlo todo.

Pero el orgulloso y distante siciliano no quería correr el riesgo de volver a amar. Además, no entendía qué era lo que motivaba a Terrie y no tenía la menor idea de qué era lo que lo impulsaba a él a llamar a su puerta una y otra vez.

UN MARIDO SICILIANO
Kate Walker

¡YA EN TU PUNTO DE VENTA!

Deseo

SIMPLEMENTE UN HOMBRE

Leanne Banks

Nada más conocer al príncipe Michel Phillipe, Maggie Gillian encontró su aura de perfección de lo más irritante. Pero la razón por la que estaba allí era para darle clases al hijo de su majestad, no para entablar relación con el atractivo padre. Sin embargo, de pronto la invadió el deseo de conocer al hombre que había tras el príncipe...

El príncipe Michel estaba acostumbrado a que las mujeres se rindieran a sus pies, pero aquella profesora era demasiado para él. Por mucho que fuera príncipe, también era un hombre y tenía las necesidades de un hombre... y Maggie era exactamente lo que necesitaba.

El príncipe perfecto

¡YA EN TU PUNTO DE VE

JAZMIN

ELIZABETH AUGUST
Una gran pareja

¿Existía un plan para emparejarla con aquel hombre?

Gwen Murphy, la que en otro tiempo fue la chiquilla del rancho vecino, le debía un favor a la apache Halcón de la Mañana, pero utilizar sus habilidades como investigadora para encontrarle novia a su nieto... y tener que vivir en su casa era demasiado. Y era demasiado sobre todo porque Jess Logan llevaba años despertando en ella sentimientos que no deseaba: era demasiado masculino.

Una vez que estuvo bajo el mismo techo que Jess, Gwen hizo todo lo que pudo para buscarle esposa, ¿o no? Porque lo cierto era que, desde que estaba allí, se había dado cuenta de que su corazón podría volver a sentirse pleno; solo tenía que encontrar el coraje para dejarse llevar...

¡PUNTO DE VENTA!